唐诗岁时记

繁花
夏景长

陆蓓容——编著

浙江文艺出版社
Zhejiang Literature & Art Publishing House

图书在版编目(CIP)数据

　　唐诗岁时记.繁花夏景长 / 陆蓓容编著.—杭州：
浙江文艺出版社,2023.8
　　ISBN 978 - 7 - 5339 - 7259 - 2

　　Ⅰ.①唐…　Ⅱ.①陆…　Ⅲ.①唐诗 - 诗歌欣赏　Ⅳ.
①I207.227.42

　　中国国家版本馆CIP数据核字(2023)第102809号

策　　划	柳明晔	数字编辑	姜梦冉　诸婧琦
责任编辑	徐　全	封面设计	棱角视觉
责任校对	牟杨茜	版式设计	吕翡翠
营销编辑	余欣雅	责任印制	吴春娟

唐诗岁时记·繁花夏景长

陆蓓容　编著

出版发行　*浙江文艺出版社*
地　　址　杭州市体育场路347号
邮　　编　310006
电　　话　0571-85176953(总编办)
　　　　　0571-85152727(市场部)
制　　版　浙江新华图文制作有限公司
印　　刷　浙江海虹彩色印务有限公司
开　　本　880毫米×1230毫米　1/32
字　　数　60千字
印　　张　6.625
版　　次　2023年8月第1版
印　　次　2023年8月第1次印刷
书　　号　ISBN 978-7-5339-7259-2
定　　价　56.00元

前　言

　　古人的岁首是元旦,春天则从立春开始。立,可以理解为"始",立夏、立秋与立冬也是同理。

　　在春天刚刚来临的时刻,唐代的诗人们会有一点点惊讶和喜悦——杜审言就曾说,"偏惊物候新"。如若你略微熟悉文学传统,就能想到,这种情感一直绵亘到明代的戏曲之中——汤显祖让柳梦梅唱出了"惊春谁似我"。

　　中国幅员辽阔,风俗处处不同。可在节气的名字指引下,每当岁序轮回到这几个日子,大家心上都能产生一点微微的共振:那些熟悉的季节,以及与它伴生的感受,又将来到我们的生命之中。

　　从某种程度上说,正因为传统历法一直使用至今,与它密切相关的节气、节日传统也都绵延未绝,我们才有与古人共享一些知识和情怀的可能性,更有可能去理解一个"中国古代诗人",在四季的阴晴雨雪中看什么,想什么,写什么。反过来想,也正因为每一代人积极、丰富和广泛的使用,才让这一套文化传统轻松地传承下去：前人也许真正依照岁时来安排年中行事，而后人至少还能借助文字，想象那种生活的滋味。

近年陆续编写了一些以唐诗宋词和历代古画为素材的日历。最初的设想，就是让文本与节令相契，绘画与文本相合，希望它们匹配得严密、真切而有趣。不过，这些窄窄的小册子都是一日诗词一日画，全年各占一半篇幅。若是每一日都共同呈现，翻阅实在不便，有负于它的"产品属性"。

五六年来，为选目而经眼的作品已不太少。也常想在诗词和绘画的陪伴下，完完整整地走过一年，以弥补过去那些"产品"的遗憾，因此动念做一本新书。日历的开本小，解说余地有限，不能处处分析古人的匠心。既是做书字数的限制少了说理的空间就大。于是精选了我最喜欢的诗，先按岁序排列，再尝试讲了些典故为何恰切，对仗为何巧妙，同一主题如何各擅胜场，相似的表达手法怎么总能奏效。也尝试比着讲：春天和秋天里，谁用了同样的手法；同一类作品，白居易怎样直接，杜牧如何宛曲。尝试连起来讲：参与了永贞革新的诗人们，星散各地，各有名篇；李白寄愁心与明月之后，王昌龄醉别江楼。这些工作好似飞花摘叶，牵丝攀藤，我在那些清词丽句的迷宫里，重温了自己年少时的旧梦。

配画也有一些新的调整。历年积攒的古画图像越来越多，可以在不同选项里挑最好的。"停车坐爱枫林晚"，选陆治画的卡通小人儿。《夜宴左氏庄》，选检书、烧烛的真实场景。找到"落日照大旗"与"雪拥蓝关马不前"的真切诗意图；再找一些群众演员，去杜甫诗里打枣摘桃子。我在绘画世界里工作的时间，已经快和读诗的少年时代等长了。所以斗胆给每幅画加上了说明，根据不同的情况，或描述画面，或介绍作者、风格和作品价值。

到写这篇小引时，书籍的内容和形式都已做过好几遍调整，编辑与设计师付出了辛勤的劳动。它以年为单位，以四季来分册。我们都希望它像真正的日脚那样轻捷，不再与具体的某岁某时固定在一起。因此所有绑定了节气的日期，都是概念化的。如同大家耳熟能详的《节气歌》所言，它们可能偶尔会和今年、明年、后年的正日子偶尔"最多相差一两天"。

如果说这样的安排里也藏着一点奢望，那就是：这部小书能在眼下的岁时中停留久一点。但愿它有机会陪人走进一些唐诗里的岁时。

陆蓓容
癸卯夏至

3

目录

2

5

立夏

初候，螻蟈鳴。

夏虫开始唱歌。然而，诗人总要等到秋天，等到它们就快从舞台上谢幕的时候，才愿意好好去听，并感慨那虫声勾人伤心。

明明是他们自己有了伤心事，才听出了一片哀愁。

二候，蚯蚓出。

有一些蚯蚓的寿命只有一年，春天孵化，初夏长成。所以古人会在这时候注意到它。它不算美丽，

十分微小，却也入诗，杜甫、顾况都曾咏及——那是因为诗人有留心万物的眼睛。

三候，王瓜生。

王瓜是葫芦科，栝楼属的植物，成熟的果实呈金黄至橙红之色，非常悦目，可供观玩。可惜今天并不多见。

瓜果成熟，是真正的夏日趣味。诗人们开始看山、玩水、做长长的梦，等轻轻的风。

晚晴

唐·李商隐

深居俯夹城，春去夏犹清。

天意怜幽草，人间重晚晴。

并添高阁迥，微注小窗明。

越鸟巢干后，归飞体更轻。

5月5日　立夏

　　诗题《晚晴》，当是雨后黄昏景象。从高处往下看，但见细草蒙茸，雨洗之后，夕阳给它们蒙上一层金光。在干净通透的空气里，这夕光照得高楼更加深远，又投进小窗，让人目为之明。再抬头看，鸟巢都已晾干，鸟羽也轻快多了。它们正赶忙回家去。

　　如此澄澈的诗，恰应了明净如洗的初夏时节。

清·张若澄·燕山八景·金台夕照

　　燕山八景，是北京地区的八处名胜景观，大致得名于金朝，明清以来，美名传扬甚广。金台夕照是传说中燕昭王黄金台的遗址，其确切位置本不可考。直至2002年，在朝阳区财富中心建设过程中，清代的"金台夕照"碑刻出土，碑上文字出自乾隆御笔。

　　"人间重晚晴。"画面尽处，有一抹玫瑰色的晚霞。

感月悲逝者

唐·白居易

存亡感月一潸然，月色今宵似往年。

何处曾经同望月，樱桃树下后堂前。

5月6日

　　如同此前反复解释过的那样，许多名篇都在竭力描摹"变"与"不变"，在对比中刻画出今昔之感。又到了樱桃挂果的季节，月色依然如故，而那个曾经一块儿在樱桃树下看月亮的人，今年却已经长眠。

　　白居易的诗大多都如此浅显，并且步调缓慢，常常是几句话合写一个意思。如果我们也依着他的习惯，慢慢地读，就会感到这些看似简单的字面背后，有水波那样缓缓流淌，却久久不能平静的感情。

清·罗聘·仿古山水图册·一

樱桃又红了。

夏景园庐

唐·韦应物

群木昼阴静，北窗凉气多。

闲居逾时节，夏云已嵯峨。

攀叶爱繁绿，缘涧弄惊波。

岂为论夙志，对此青山阿。

　　这是一首五言八句的古体诗。它没有受到格律约束，所以步调轻缓，情致曼然，曲终奏雅，徐徐道出本意。如果一时不能体会古体诗的节奏，将它与常见的五言律诗并置其观，或者出声朗读一番，便可有直观的感受。

　　夏天来了。我们将迎来窗前的成片绿荫，领受窗下的清风。有时能无所事事，仰面看云。可以攀折种种美丽的绿叶，或者到溪水中徜徉一番。好风景是自然的恩赐，我们能沉浸其中，是因为天然地喜欢美好的事物。韦应物向读者们表白自己：并不是因为怀抱隐居的夙愿，才特地前来欣赏青山。

◆ 嵯峨 [cuóé]：山势高峻。这里是形容夏天的云像山一样多有奇峰。

◆ 夙志：一贯的志向，这里应该是指隐居之愿。

◆ 山阿 [ē]：此处就指山。

清·王鉴·仿宋元山水图册·九

　　王鉴是清初最重要的画家之一。他非常擅用青绿设色技巧。画中有一片青山绿水。小人儿静坐亭中。"搴叶"，"缘涧"，尽可随心所欲。

贾生

唐·李商隐

宣室求贤访逐臣，贾生才调更无伦。

可怜夜半虚前席，不问苍生问鬼神。

贾谊是西汉著名的学者和文学家。他一度被贬为长沙王太傅。三年后，汉文帝将他召回中央。在一场奏对之中，文帝向他咨询的内容与百姓全然无关，只是鬼神迷信之事。这是《史记·屈原贾生列传》中的故事。因而这首诗全从正史出发。说它是议论，只有"可怜"是在议论；说它是叙述，却有千钧的力量，隐然质问帝王何以无道又无情。

如果多了解一些历史，就将知道：汉文帝已是千古称颂的"明君"了。诗人认为文帝与贾谊的相遇，尚且无功于社稷；那么，李商隐所处的时代，帝王如何？贤臣如何？百姓的命运如何？

◆ 宣室：汉代未央宫前殿的正室。

◆ 可怜：可惜。可怜是古诗词常用语，在不同的作品中，意思常有不同，需要仔细甄别和体会。

◆ 虚：徒然，白白地。

◆ 前席：为了更接近对方而移坐向前。

清·佚名·帝鉴图说·遣幸谢相

既是"明君",自然会被后人反复歌颂。《帝鉴图说》，是明万历年间大臣张居正为明神宗编写的读本，试图以历代帝王的故事，引导小皇帝励精图治，同样成为一个"明君"。此本插图或为清代佚名画家所绘，宫殿正中身着黄衣的便是汉文帝，他宠幸佞臣邓通，宰相申屠嘉看不过去，惩治了邓通，间接提醒文帝不可由着喜好纵容臣下。

现代人读这样的故事，应当像李商隐一样，有自己的见解。

早发白帝城

唐·李白

朝辞白帝彩云间，

千里江陵一日还。

两岸猿声啼不住，

轻舟已过万重山。

　　读这样耳熟能详的诗，不妨多留心写作技巧。可以见到处处都在使用对比——"辞"与"还"；"千里"与"一日"；"不"与"已"；"两岸"与"万重"……李白是把身在舟中的种种体验，分割成不同尺寸的时间碎片，再拼在一起，铸成一个玲珑又锋锐的多面体。虽然只是写一个"快"的意思，因为有不同的"面"，便显得极为生动，几乎如在目前。

　　语言是需要反复锤炼的。我们要勤于观察世界，时刻准备着描摹它。要积累很久很久，才能熟悉自己的思维习惯和偏好，建立起丰富的词库，脱离词不达意的窘境。直到有一天，像李白这样毫不费力，驾轻就熟。

清·石涛·山水图册·三

小船儿划过了万重山。

使东川·邮亭月

唐·元稹

君多务实我多情，大抵偏嗔步月明。

今夜山邮与蛮嶂，君应坚卧我还行。

目前这一首原有小序，说在骆口驿站看到朋友崔先生的题名。过了几天，到了青山驿，是个晚上。元稹望着月亮，想起崔先生的名言："人啊，白天劳作，晚上就应该休息。出门看月亮这种事，我是绝对不干的。"别人再怎么劝，他也会坚持躺着不动摇。

这一首诗，就从人与人的性格差异写起。这题材很新巧，又因诗人的豁达而显得开阔。秉性截然不同的人，也可以是好朋友。又是一个月夜了，务实的那一位多半早早上床高卧；多情的这一位看着月亮，同时还想念故人。

◆ 邮：驿站。

清·张宗苍·山水册·三

画上也有小人儿。高山下，花丛里，他在抬头看月亮。

初夏戏题

唐·徐夤

长养薰风拂晓吹，

渐开荷芰落蔷薇。

青虫也学庄周梦，

化作南园蛱蝶飞。

5 月 11 日

庄周梦见自己变成了蝴蝶，醒后感到困惑：到底是我梦见自己变成了蝴蝶，还是蝴蝶梦见自己变成了我？这是非常著名的典故，常用于描述刚刚睡醒的时刻，或形容人生如梦幻泡影。可这首小诗却全然是在开玩笑。夏天到了，荷花、菱花都开了，蔷薇谢了。青虫在漫长的冬春里做够了梦，醒后忽然就羽化成蝶。

中国古诗非常倚重典故，诗人们常常借着历史情境来抒发自己的感想，而同样读过许多古籍的读者，往往能轻松破解这些约定俗成的密码，所以读诗也需要具备足够的背景知识。譬如此处，如果了解"梦蝶"典故的常见用法，便可以欣赏徐夤的幽默：他恰恰是把典故的底蕴全然抛掉，老老实实使用字面，却因为恰好符合菜虫羽化的自然规律，达到了巧妙的双关。

◆ 芰 [jì]：菱花。

宋·佚名·晴春蝶戏图页

宋人写真就是这样精巧可爱。读者可以数一数，画中有几只蝴蝶？

书事

唐·王维

轻阴阁小雨，深院昼慵开。

坐看苍苔色，欲上人衣来。

　　天色阴沉，小雨停止了；抑或根本被阴天抑制着，处于要下不下的状态。庭院深深，主人不想打开院门。他久久地坐着，觉得苍苔正不断生长，那些阴沉而湛碧的颜色，几乎要映到人的衣服上来了。

　　唐诗的著作权常常发生纠纷。这是因为名篇太多，本集又未必都在诗人生前编定。在流传过程中，有一些好诗的作者并不能百分百确定。这首诗最早被宋人归给王维，风格倒确实相符。

　　初夏时分，有过几场小雨，深院中一定长出了新的青苔。

◆ 阁：含着，不使落下。

明·文徵明·拙政园八景图册·六

　　小人儿抛卷向外望去，童儿立在他身旁。仔细看，檐下墙边，石隙树根，深深浅浅一片苔痕。

屏迹三首·其一

唐·杜甫

用拙存吾道，幽居近物情。

桑麻深雨露，燕雀半生成。

村鼓时时急，渔舟个个轻。

杖藜从白首，心迹喜双清。

　　旧说以为《屏迹三首》大约是唐肃宗宝应元年（762）所作。这年的秋天以前，杜甫都在成都草堂，于动荡中暂得安宁。

　　作诗之际，他的心情应该还不错，至少决定要用朴拙的日常生活保护内心世界。他打算与自然相亲相近，看桑麻成长，燕雀长成。这种万物生长的样子，特别符合夏初时分。人们在村里劳作，在水上捕鱼，万事万物各得其所。在这样的景致里，他的心情和形迹都明朗透彻，仿佛在这世上找到了自己的位置，从此能安定和悦地度过余生。

◆ 屏迹：隐藏行踪，不与俗世相涉。
◆ 生成：长成。

明·项圣谟·招隐诗意图册·七

看，诗意图。

纵游淮南

唐·张祜

十里长街市井连，

月明桥上看神仙。

人生只合扬州死，

禅智山光好墓田。

　　唐代的扬州极其繁华。无数诗人歌咏这里，眷恋这里，甚至不惜把余生都抛掷在这里。红尘如此温暖，佳人像神仙般美丽。假如终老在这儿，就埋骨在风景秀丽的禅智寺山上吧。张祜这样想着，发了狠话，心满意足。

　　直抒胸臆是诗词写作的常规手法。但遇到特别令人动情的主题时，仍显得分量不够。这是因为诗句难免经过打扮，用了漂亮辞藻，就与读者的感受隔了一层。所以，像"死而无憾"这样人人都懂得的意思，正要毫不修饰地坦白出来。尽管吓一跳，从此所有读者心里都有了扬州。

◆　禅智：寺庙名。故址在扬州东门外月明桥北，原为隋宫，后改建为寺。禅智山，当指寺所在的山。

◆　墓田：墓地。

東巅新亭
一望縣離：
草色浸亭
煙離堤樹老
人如華又見拉
風替音绿

清·高翔·扬州即景图册·五

这是清人笔下的扬州。从唐到清，作为运河水道上的枢纽城市，它繁华了一千余年。

积雨辋川庄作

唐·王维

积雨空林烟火迟，蒸藜炊黍饷东菑。

漠漠水田飞白鹭，阴阴夏木啭黄鹂。

山中习静观朝槿，松下清斋折露葵。

野老与人争席罢，海鸥何事更相疑。

5月15日

　　雨后农家忙着做饭，烧了野菜和高粱饭送到东边田头去。田里飞着白鹭鸟，树上黄鹂唱着歌。王维在山里看着槿花开落，采点儿葵菜做饭吃。他遵从庄子、列子的思想观念，与人与世都不相争，只希望和山民相亲相近，与鸥鸟彼此不相猜疑。

　　颔联是写景的名句，"飞"是所见，"啭"是所闻，它要求读者调动所有的感官。尾联用了两个典故，"野老"说的是《庄子》中的杨朱，他去向老子学道，路上旅舍主人和旅客都欢迎他；学成归来，旅客们却不再让座，而与他"争席"，说明杨朱已得自然之道。"海鸥"说的是《列子》里的渔夫，他爱它们时，它们都来他身边，可是当他怀着机心要去捕捉它们时，鸟儿立刻都飞走了。这两个典故本来常见，但用在此诗中显得特别精彩：句中有"我"，便是顺接第三联，展现出诗人平和的心境。有"野老"，照应着首联里出现的耕夫农妇。有"海鸥"，又照应着颔联里的白鹭与黄鹂。

明·董其昌·山水图册·四

　　漠漠水田，阴阴夏木，都在画上；两句诗也都题写在空白处。可是，董其昌是位有想法的艺术家，他并不完全忠实于诗。白鹭黄鹂，都在画外，在我们的想象之中。

湖中

唐·顾况

青草湖边日色低，黄茅嶂里鹧鸪啼。

丈夫飘荡今如此，一曲长歌楚水西。

　　青草湖在湖南岳阳，与洞庭相连。那一带自古就是水乡泽国。在深山啼鸟声中，荡着小船目送黄昏，今人已很难体会这样的生活了。

　　顾况是中唐诗人，诗风朴实流畅。他一生仕途平平无奇，转徙各地，所以有这样的流浪者之歌。七绝虽短，人生百般况味，却可以凝缩在其中：后两句既有落魄、茫然，无所依归之感，也有无拘无束的恣意。所以，不要简单地看待眼前的境遇。请你思考它，然后正视它。

秋日
江上
士标
画

清·查士标·书画图册·十

小船儿在湖上漂啊漂。

独坐敬亭山

唐·李白

众鸟高飞尽，孤云独去闲。

相看两不厌，只有敬亭山。

五言绝句篇幅窄小，开头用对句，常有头重脚轻的危险，而李白此篇很成功。他下笔很轻，用的意象也很小，鸟已飞尽，云也飘远，整个画面一下子干干净净。只剩下一个人、一座山遥遥相望。山似乎也有感情，颇为欣赏这看风景的人。至于"风景"本身，全做了留白处理，反而尊重了读者的想象力。毕竟每个人心中都有自己偏爱的景色，尽可以拿它来填补空白。

读诗词，必须打破藩篱，注重积累。我们常常看到伟大的诗人词人隔空斗法。四百多年后，辛弃疾有一首《贺新郎》，其中"我见青山多妩媚，料青山见我应如是"的名句，不正是暗暗化用"相看两不厌"，向李白致敬吗？

清·黎简·山水图册·四

一位观者立在大石头上，拄杖看云也看山。

夏花明

唐·韦应物

夏条绿已密，朱萼缀明鲜。

炎炎日正午，灼灼火俱燃。

翻风适自乱，照水复成妍。

归视窗间字，荧煌满眼前。

5 月 18 日

　　诗里的花，大约是石榴。它的颜色极难用形容词描述，只好想方设法地调动读者的感官。"明鲜""灼灼"，跳动夺目；"乱"而"妍"，旁逸斜出。看花久了，再回去看书，可花的颜色还暂留在眼前，它太鲜艳了，带得纸上的字都灿烂夺目，像是要跳动起来。

　　这修辞手法正是通感，幸好不难体会。诗人有清词丽句，我们也有大俗话——不就是"眼花缭乱"吗？

清·马荃·花鸟草虫图册·四

马荃是清代著名的女画家，常熟人。她出身于一个绘画世家，活动于康熙晚期以后，尤其以花鸟知名。其作品工整匀净，设色艳而不俗，形态纤秀可爱。在她生活的时代，这些画作很受欢迎，常熟的士女们甚至纷纷前来向她学习笔法。艺术史上难得有这样的女性故事，所以不惮烦琐，借机告诉大家。

五月十八日

终南别业

唐·王维

中岁颇好道，晚家南山陲。

兴来每独往，胜事空自知。

行到水穷处，坐看云起时。

偶然值林叟，谈笑无还期。

　　诗不必句句求工。只要能在格律规矩之中写出独特的意思，总能使人眼前一亮。如若技艺浑熟，驾驭词句毫不费力，就尤其有大巧若拙之感。王维深谙此中妙理，写中年人想要独处的心情，明白如话。他把家安在山脚下，世上人多，就去山里；山中岑寂，就与林叟闲谈。

　　没有技巧吗？不是的，请大家注意颈联。它的上下两句合写同一个意思，必须连在一起，才是完整的话。这种"流水对"的技法，要求句子不能刻意，不能滞涩，要像真正的大白话那样天然流畅。

　　"行到水穷处，坐看云起时"，正是唐人五律中最好的流水对之一。

◆ 家：安家。

◆ 陲 [chuí]：边。

◆ 值：遇到。

元·盛懋·坐看云起图页

　　文学与艺术向来难舍难分。唐诗成了许多绘画的主题：有些挑明了，便成为诗意图；有些含蓄，便要我们去解读。画上的人坐在一块大石头上，面对着深深的沟壑，看着云雾弥满山间。

　　后人们一眼就看明白了，于是把它命名为《坐看云起》。

渡荆门送别

唐·李白

渡远荆门外，来从楚国游。

山随平野尽，江入大荒流。

月下飞天镜，云生结海楼。

仍怜故乡水，万里送行舟。

5 月 20 日

这是一首完全遵从五言律诗写作规范的作品，规行矩步，几乎不像李白。好在奇思妙想依然不能遏制，处处喷薄而出。颔联境界开阔，除了杜甫的"星垂平野阔，月涌大江流"之外，罕有敌手；颈联把水中月光比作天上的镜子，说江上云气几乎结出海市蜃楼，瑰奇灿烂，也是不可多得的好对子。

李白说长江是"故乡水"，满怀深情。这个妙想，后来也有人继承——同为蜀人，苏轼《游金山寺》七言古诗也写长江。他说"我家江水初发源，宦游直送江入海"。从"家乡的河"，变成"我家的河"，又添了几分霸道呢。

◆ 荆门：在今湖北省宜都长江边，战国时曾属楚国。
◆ 故乡水：李白曾在四川生活，而长江从四川流到湖北，所以他觉得那是家乡的河。

南宋·马远·水图卷·长江万顷

我们又遇到了这套精彩的水图。

小满

初候，苦菜秀。

学者以为，《诗经》里『谁谓荼苦，其甘如荠』的『荼』，便指苦菜。它曾经是重要的蔬菜，在南方四季常绿，北方则冬枯夏生。

二候，靡草死。

葶苈是一种十字花科的植物，亦即此处的靡草。此时日渐炎热，它的生命历程走到了尽头。

春花春草的凋谢，预示着真夏日的降临。人间要从五颜六色，变作深深浅浅的绿世界了。

三候，麦秋至。

秋，是成熟的意思。麦子成熟，就叫作『麦秋』。在江南，它还是梅雨季节开始的前奏。白雨与青山，高楼与江水，远与近，他与她……无数的故事都在梅雨里开场又谢幕。

遣兴

唐·赵嘏

溪花入夏渐稀疏,

雨气如秋麦熟初。

终日苦吟人不会,

海边兄弟久无书。

5月21日　小满

　　古人将一个节气分为三候,每候五天。他们注意到大自然的典型变化,将每一种现象与每一个五天联系起来,因此一年有七十二候。小满的第三候,是"麦秋至"。颔联的意思即是指天气如同秋日一般爽朗,雨水渐少,小麦也开始成熟了。

　　自今而后,花儿渐渐消失,世界一片深浅碧绿,淋漓大雨也要袭来。雨里有人皱着眉头吟诗,大家都不理解他,而他正在思念远方的兄弟。我们读了很多变化多端、奇巧百出的七绝,再来看这一首,才知道真正"不修边幅"的诗是什么样:想到哪儿写到哪儿,没有章法,胜在朴拙真实。

◆ 会:理解,领悟。

清·袁江·山水图册·四

画题为"春畴麦浪"。麦子就要成熟了。

竹里馆

唐 · 王维

独坐幽篁里，弹琴复长啸。

深林人不知，明月来相照。

又是一首从小学过的诗。老师想必会讲，这首诗安静、幽秀，迥出尘外，作者的襟怀清朗又恬淡，这便是它的妙处了。我呢，还想多问两句：弹琴和长啸是什么人喜爱的活动？竹林又是什么人活动的地方？

如果读过《世说新语》，应该知道魏末晋初的竹林七贤：山涛、阮籍、刘伶、嵇康、向秀、阮咸、王戎。传统观点认为，他们主要活动的"竹林"，位于今天的河南焦作附近。如果各位甚至细读过南朝周兴嗣所编的《千字文》，应当能从记忆中打捞起一个词儿：嵇琴阮啸。可曾想起，嵇康善于弹琴，阮籍善于清啸？

以这一切为背景，可明白了《竹里馆》隐藏的意蕴？清狂自得，不必为人所见。这段襟怀只许月亮知道。

明·陆治·竹林长夏图轴（局部）

"独坐幽篁里。"

寄王舍人竹楼

唐·李嘉祐

傲吏身闲笑五侯，西江取竹起高楼。

南风不用蒲葵扇，纱帽闲眠对水鸥。

5 月 23 日

诗词文章中的典故代代传承。本篇中的"鸥"，早被文人赋予没有机心的形象。读者朋友们可能融会贯通，想起本月十五日读过的《积雨辋川庄作》？那首诗的尾联，同样暗用了这个典故。

夏日里，竹楼上，与水鸥相对而眠，足见这位王舍人闲适又清高。而这一位在竹楼中闲居的人物形象，后来又被宋人王禹偁发扬光大。他在湖北黄冈修筑竹楼，"江山之外，第见风帆沙鸟，烟云竹树"，悠悠生千载之思，又成为后人新的典范。

典故是学习古典文学的重要线索。抓住了它，每一天都能"风流犹拍古人肩"。

◆ 五侯：本指汉成帝母舅王谭、王根、王立、王商、王逢时，因同日封侯，称为五侯。此处泛指达官显贵。

元·倪瓒·水竹居图轴

　　倪瓒的作品大多为水墨，这是难得的一张设色画轴，流传有绪，题跋累累。小屋在丛竹之下，深山之侧，流水之畔。

田舍

唐·杜甫

田舍清江曲，柴门古道旁。

草深迷市井，地僻懒衣裳。

榉柳枝枝弱，枇杷树树香。

鸬鹚西日照，晒翅满鱼梁。

5 月 24 日

　　山水田园不是杜甫最擅长的题材，可是大多数作品仍旧很好，这是因为他活得很认真。他总是抱着一种欢喜热切的眼光，孜孜不倦地打量四周的景物，琢磨它们，寻找合适的词语来形容它们。哪怕这些词语都很普通，却都很精准，能够刻画出动植物们活泼自在的样子。

　　这个季节，榉柳生枝，鸬鹚捕鱼，我们也须不负光阴，赶紧去"摘尽枇杷一树金"。

◆ 鸬鹚：一种水鸟。渔民谙熟其习性，利用它们来帮忙捕鱼。

自尚枝頭弄明月笑他
陌上逐金丸
晚唐解元

清·恽寿平·瓯香馆写生册·五

"枇杷树树香。"

无题

唐·李商隐

凤尾香罗薄几重，碧文圆顶夜深缝。

扇裁月魄羞难掩，车走雷声语未通。

曾是寂寥金烬暗，断无消息石榴红。

斑骓只系垂杨岸，何处西南待好风。

5 月 25 日

　　又到石榴花红时，姑娘有了心上人。这位姑娘的衣服用具都很华美，可以想见是位佳人。她与对方在大街上偶遇，躲在团圆如月的纨扇后面害羞地瞧着，无奈车行太快，不得交谈。她独坐在深夜，烛花明灭，渐成金烬；榴花开落，像青春一样无声无息。她听说他的马就系在岸边垂柳下。古乐府有"愿为西南风，长逝入君怀"之句，她也想像那风一样追他而去。

　　这是首典型的李商隐七律。他不喜欢直抒胸臆，总是把情感藏在颜色、声音、动作和典故背后。我们读时，经过了一番排列组合的脑力劳动，隐隐能感受到他忧愁的情绪；却也不得不承认，再也无法知道原因。

◆ 凤尾：凤凰的尾羽。引申为秀美的细纹。

◆ 月魄：指月初生时不明亮的部分，亦泛指月亮，月光。

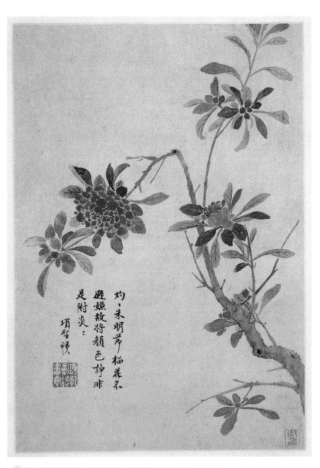

灼·朱明序榴花不
避嫱妒将颜色诤非
是附炎之
项圣谟

明·项圣谟·山水花卉图册·二

悄无声息地，石榴花又红了。

与史郎中钦听黄鹤楼上吹笛

唐·李白

一为迁客去长沙，西望长安不见家。

黄鹤楼中吹玉笛，江城五月落梅花。

　　李白有一种诗，仿佛从天外飞来，构思极为独特，全然不肯走寻常路。有时前面几句都普通，最后一句却翻出无穷新意。

　　本篇前两句说明贬谪的心情，实在平平无奇，与诗题也毫无关系。第三句转得突兀，第四句接得神奇。全篇的重量，都压在"落梅花"三字上。它至少有三层意蕴：先指曲名《梅花落》，再形容笛声从高高的黄鹤楼中往下飘漾的样子，最后又暗喻自己一身飘荡，如梅花零落——分明是初夏时节，却没有迎来生命里的春天。

◆ 史郎中钦：一位名叫史钦的郎中。郎中是官名。
◆ 迁客：遭到贬谪的官员。

清·恽寿平·纽子硕·清溪横笛图轴

古画里的吹笛人，总是不在高楼里，而在小船中，或者牛背上。从宋元至明清，往往如此。这是因为，绘画不完全是一种自由自在的"表现"，有时，它难以摆脱传统的影响。新图式的诞生与流传，需要许多因素一同起作用，没有什么东西能"理所当然"地诞生。

寄进士卢休

唐·罗隐

半年池口恨萍蓬，今日思量已梦中。

游子马蹄难重到，故人尊酒与谁同。

山横翠后千重绿，蜡想歌时一烬红。

从此客程君不见，麦秋梅雨遍江东。

天气渐热，万物生长。夏日景色与春天大为不同，诗人可以选择的意象也大幅变化了。山之绿，蜡烛之红，是现在与过去的对照；麦秋梅雨，又都是在想象将来。

古人的城市范围有限，且不说行旅总在自然怀抱中，即使日常闻见，也不离山水花鸟。我们却很难再有这样的条件了。所以不仅要抱着欣赏的态度去读诗，有时也该把诗当作时令的参照，时时跟着它去看看周围。

◆ 麦秋：麦子成熟，称为麦秋。

清·王鉴·仿古山水册·三

　　画上自题"仿赵文敏"，说明这幅画的风格，主要是向元代名家赵孟頫学习的。

　　"山横翠后千重绿"，景象大概如此吧？我想请大家注意：每一代文学家，都学习前人的作品；每一代艺术家，也都从前人那里得到恩泽。

雨过山村

唐·王建

雨里鸡鸣一两家，竹溪村路板桥斜。

妇姑相唤浴蚕去，闲看中庭栀子花。

初夏时栀子花开，是深浅绿意中难得的一抹象牙白。它的香气郁甜，花型匀整，层层叠叠不肯尽吐。将开时花苞沉沉，将谢时边缘渐渐起一层秋香色。它不名贵，极常见，与竹溪村路正相宜。

◆ 浴蚕：浸洗蚕子。古代育蚕选种的方法。

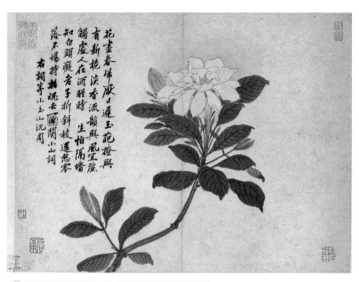

花盏春深厌日迟蓬玉胎撑兴
有新艳淡香流韵与风兼簟
蘭蘆人在酒醒时生怕隔墙
知自颦凝老子折斜枝逞态零
落不堪持拈玩去　闲小山词
右调寄小玉山沈周

🌸 明·沈周·卧游图册·栀子花

　　唐人已不可见，明代也距今已远。但我们和他们，可以共享一片栀子花香。

逢归信偶寄

唐·李益

无事将心寄柳条，等闲书字满芭蕉。

乡关若有东流信，遣送扬州近驿桥。

又到芭蕉的绿意布满窗纱的季节了。愉快的人爱它青碧摇曳，可无聊的人看看柳条，想着自己没能留住，看看芭蕉，却只是把它当成纸张，写了一叶又一叶。

也许他是想写封家信？在这客居的日子里，偶然遇到有人要回家乡去，就把独居的寂寞写下来，捎给家人。而诗的重点，分明是在等待回音。所以后两句这样叮嘱着：如果也想和我说说话，请务必寄封回信吧！请把信寄到扬州的驿桥边。

◆ 信：信使。

清·袁耀·邗江胜览图幅（局部）

　　邗江是扬州的别称。因为运河航运，它一直繁华富庶，即使经历了明末清初的战乱，也很快恢复如初。画中正有一座人来轿往的大桥呢。

重送裴郎中贬吉州

唐·刘长卿

猿啼客散暮江头，人自伤心水自流。

同作逐臣君更远，青山万里一孤舟。

唐人送别诗很多，七言绝句尤其佳作频出。这一首不能算是绝佳，可是意思很好，因为它对友人深抱同情。

大家都在贬官途中，伤心当然是一样的。可是裴先生要去的地方更远。他的道路更长，寂寞更深，前途也更难。末句看似只是写景，却把视野拉开，一下子有了深度。刘长卿好像一直望着裴先生的船儿，同情他，目送他，祝他一路平安。

如同此前说过的那样，"万里"和"一孤舟"，是极大的数字对应极小的数字，以强烈的反差来引人注意。这种手法在对仗句里很常见。

清·龚贤·自题山水图册·六

　　"青山万里一孤舟。"这种两岸峭壁中央一道江水，再有一只小船儿驶来的图式，很是常见，并非画家独创。但作为清初最著名的画家之一，龚贤当然有自己的特色。他擅长用墨，墨色富于变化，塑造出峭壁的纵深层次，而色泽又清透可爱，并非一味浓黑。这需要高超的控笔能力。

入商山

唐·杜牧

早入商山百里云，蓝溪桥下水声分。

流水旧声人旧耳，此回呜咽不堪闻。

商山在今陕西商洛东南，杜牧去这儿必定不止一次了，熟稔非常。他看了山，过了桥。溪水的声音和过去一样，他的耳朵也没有变化。但这一天的水声格外悲伤，几乎听不下去。

这首诗看上去技艺平平。但作者利用叠字，反复强调"旧"，制造了一个奇妙的落差，倒也耐人寻味——旧的流水，旧的人，何以架不住新的愁苦？在旧与新之间，一定发生了些什么。

明·邵弥·山水人物图册·五

云深深，山高高，桥弯弯，水静静。小人儿正从桥上过。

题鹤林寺僧舍

唐·李涉

终日昏昏醉梦间，

忽闻春尽强登山。

因过竹院逢僧话，

又得浮生半日闲。

6月1日

　　有时候，诗人写景写事，也是在塑造自我。登山很常见，"忽闻春尽强登山"，还是从醉醺醺的状态中猛然爬起来去登山，一个舍不得春天的糊涂人儿形象迅速建立了起来。

　　他"赶紧去爬山"，我们也跟着有点着急，想知道后来如何。但这个人竟然没有去看风景，而是钻进寺里和山僧聊天去了。聊完以后，心平气和，非常满足，"又度过了愉快的半天啊"。

　　情绪高高提起，轻轻落下，原来他不是爱春天，只是爱闲。

◆ 鹤林寺：在今江苏镇江，原名古竹院。

◆ 过 [guō]：这是古诗词常见多音字。读平声时意思不变，为经过。如"文章憎命达，魑魅喜人过"，就须如此读，才符合格律要求。此处也必须读平声，才符合格律要求。

明·钱穀·定慧禅院图卷（局部）

"竹院逢僧话"，原是历代文人们的日常。

夏日寄江上亲友

唐·许浑

雨过前山日未斜，

清蝉嘒嘒落槐花。

车轮南北已无限，

江上故人才到家。

6月2日

　　读诗要注意将意象与季节联系起来。蝉是诗人常常歌咏的小生灵。若安排在秋天，就是它生命将尽之际，相应地，诗情也常常很哀婉。可是夏天的蝉才刚刚长大，充满了生命力。又逢雨后槐花零落之际，串串花穗在它的鸣声里飘落人间，显得整个自然界安静又洁净。

　　许浑的心也安定下来了。他写诗告诉朋友们：一路只见行客南来北往，车轮辘辘。不过我已经摆脱了这种辛苦。我，刚刚到了家。

◆ 嘒嘒 [huìhuì]：蝉鸣声。
◆ 槐花：槐树的花朵，通常在夏季开放。

元·坚白子·草虫图卷（局部）

一只乖巧可爱的蝉，老老实实趴在柳枝上。

赠刘司户蕡

唐·李商隐

江风扬浪动云根，重碇危樯白日昏。

已断燕鸿初起势，更惊骚客后归魂。

汉廷急诏谁先入，楚路高歌自欲翻。

万里相逢欢复泣，凤巢西隔九重门。

6月3日

　　这是唐人酬赠诗中的名篇。对这一类作品，首先要判断它是真诚严肃的肺腑之言，还是浅显的应酬话。这就需要了解一定的背景知识。刘蕡［fén］是晚唐政治人物，曾任司户参军，所以李商隐叫他"刘司户蕡"。

　　李商隐和他相遇在湖南湘阴的江水边。诗里写到恶劣的风雨天气，应是实景，也是在暗喻险恶的气氛。查考史书，我们知道刘蕡曾上书论及宦官擅权误国，遭忌被贬。如此，我们立刻明白"燕鸿"是指刚刚崭露头角的刘先生，他被大风大浪打得不能奋飞；而"骚客"，又自然是以屈原来譬喻贬官之后的他，那些被贬的日子，一定像阴雨天一样黯淡无光。这几句非常劲健，与"东风无力百花残"这样的作品，面貌截然不同。

　　前四句已经写足了刘蕡的命运，后四句还要进一步表达关切和同情。李商隐说："如果皇上急召贤臣，以先生之才，应是首先被召去的。我也能深刻理解先生如同当年楚地狂人接舆一般的愤激与不平。万里相逢，所以欢悦；命运不可知，所以悲泣。"

明·朱端·烟江晚眺图轴

　　画面左端，两人坐在高树下，大石上，目送江涛，相对而谈，童儿侍立其侧；右端，江流浩荡开阔，远近舟船都在一片蒙蒙水汽中。

旅夜书怀

唐·杜甫

细草微风岸，危樯独夜舟。

星垂平野阔，月涌大江流。

名岂文章著，官应老病休。

飘飘何所似，天地一沙鸥。

　　一般认为这首诗作于杜甫晚年在四川期间。此时他已辞官，能够依靠的朋友也已逝世，独自飘零，月夜孤舟，遂有此作。他的诗笔已极老练，颔联用字精准而写景壮阔。逐字分析不足以说明其佳处。不如与李白"山随平野尽，江入大荒流"并观，就能认识到两位大诗人的势均力敌。他们笔下的自然，都有莽然生气，千秋万古变化不休。

　　在这样风起云涌的世界里，人却在徒然老去。名声自然都因文章而获，而杜甫的初衷，是要立功立德，为唐王朝做出贡献的。"文学家"三字在今天是个高帽子，在当时可实在有违于他的初心。辞去官职，当然更不可能有建树了，但他仍然克制着，只说了一句反话：自己又老又病，大概只是因此而无法继续任职。

　　这位老先生如此沦落，而天地如此浩渺。他感到自己好像一只孤单的沙鸥。

天一地沙鸥李鱓

清·李鱓·花卉册·九

一只独行天地间的沙鸥。

芒种

初候，螳螂生。

螳螂挥舞着大刀，出现在人间。温带的螳螂秋天繁殖，春天孵化，要几个月才能长大。它不是诗人钟爱的意象，却也有登场的机会，『蝉响螳螂急，鱼深翡翠闲』，忙着捉知了当饭吃呢。

二候，鵙始鸣。

『鵙』，就是诗人的老朋友伯劳鸟。在南朝乐府民歌《西洲曲》里，就有『日暮伯劳飞，风吹乌柏树』的惆怅意象，而它在唐代的诗坛上更加忙碌：要扮演春天的演奏家，譬喻分离的爱人，还要唤起客旅中的思乡之情。

三候，反舌无声。

天热了。春天里叽叽喳喳的百舌鸟儿，不再叫了。下一个舞台要交给知了。

北固晚眺

唐·窦常

水国芒种后，梅天风雨凉。

露蚕开晚簇，江燕绕危樯。

山趾北来固，潮头西去长。

年年此登眺，人事几销亡。

6月5日　芒种

　　芒种之后，江南梅雨季节就要开始。镇江一带，蚕已将要作茧，燕子在风雨中绕着船飞。

　　这首诗并不著名，但紧密流畅，句式错落，具有结构之美。套用古代批评家的话来谈论它，可以说"圆融流转"，"如水银泻地"。首联就是一个流水对。中间两联，动词的位置不同，便有起伏变化之感。而且全篇视角不断改变：既是登山，当然有由低向高的过程。所以先写蚕簇，再看到燕子和船只。登到山顶，才能望见整条江面。如果我们还记得三月二十六日读过的《涪城县香积寺官阁》，就能明白，"渐行渐高"，是描写登山场景的通行手法。

　　最后的感慨，则是又一次刻画"变"与"不变"：季候循环往复，风景年年如故，人事却早已经历了沧桑。

◆ 北固：山名，位于江苏省镇江市，下临长江，是京口三山名胜之一。

◆ 簇：供蚕吐丝作茧的用具。多用庄稼秆扎成。

明·朱朗·北固山图页

　　明代，一种风景名胜图册开始流行起来。生活在苏州的艺术家们创作了许多这类图像，他们用画笔描摹了家乡周边的景色。作为研究者，看这些画册时常常感到喜悦。因为它们呈现了"著名景点"的变迁过程。

种荔枝

唐·白居易

红颗珍珠诚可爱，

白须太守亦何痴。

十年结子知谁在，

自向庭中种荔枝。

又到了荔枝成熟的时节，据说荔枝树的寿命可以长逾千年。

写眼前的事，可是把它想得很远，常有动人的效果。白居易暮年时种下一棵荔枝幼苗，想象它挂果时满树累累如珍珠。然而，荔枝真正挂上枝头，至少要十年光景。种树的人还能留在此地吗？还能吃到果子吗？答案在不言之中。虽然如此，依然要种，真的是"亦何痴"。

假如你读的诗词够多，便知道痴人向来不少。看雪的杜牧，说"砌下梨花一堆雪，明年谁此凭阑干"；看月亮的苏轼，说"此生此夜不长好，明月明年何处看"……这些诗的笔法全都一样：强调眼前这个"确定的片刻"多么难得，就是在反衬命运百变，"不确定"才是平常。

🌿 清·罗聘·荔枝图轴

一树累累挂果的荔枝。

华清宫

唐·张籍

温泉流入汉离宫，

宫树行行浴殿空。

武帝时人今欲尽，

青山空闭御墙中。

　　唐代诗人咏史不避近事。以汉喻唐，起初可能是有所顾忌，久后变为常见的修辞。张籍已是晚唐诗人，他来到玄宗时繁盛热闹的华清宫，看到温泉犹在，山青树绿。可是唐玄宗与杨贵妃都早已离世，连那时曾经亲眼见过繁华的宫人，如今也没几个人在世了。

　　安史之乱是唐王朝的转折点，太过重要，也太过著名。唐人咏华清宫的诗作不少，玄宗与贵妃的故事代代传唱。若注意积累，便知本篇相当含蓄，它哀婉而不刻薄。

◆ 武帝：汉武帝，这里借指唐玄宗。

清·康涛·华清出浴图轴

画中正是刚刚从华清池里出浴的杨贵妃。

送贺宾客归越

唐·李白

镜湖流水漾清波，

狂客归舟逸兴多。

山阴道士如相见，

应写黄庭换白鹅。

6月8日

　　东晋的书法家王羲之是绍兴人，曾写《黄庭经》向道士换白鹅，此事成为著名的典故。李白送贺知章回乡，潇洒又飘逸。他说："贵乡的镜湖依旧清澈，回乡之路上，你一定兴致昂扬。倘若家居时遇见道士，也会高兴地挥毫换鹅吧？"

　　同是赠别，这首诗与《赠刘司户蕡》面貌大不相同。它显得轻松愉快。因为贺知章只是告老，而李白当时以为再见他的机会还多。可惜事实并非如此。后来，我们又在李白诗里遇到贺知章，只不过他"昔好杯中物，翻为松下尘"，已经不在人间。

◆ 贺宾客：指唐代诗人贺知章，他曾任太子宾客，故称。他是越州永兴（今浙江杭州市萧山区西）人，出仕以前生活在会稽（今浙江绍兴），晚年又回到那里。

◆ 黄庭：道教经典《黄庭经》。

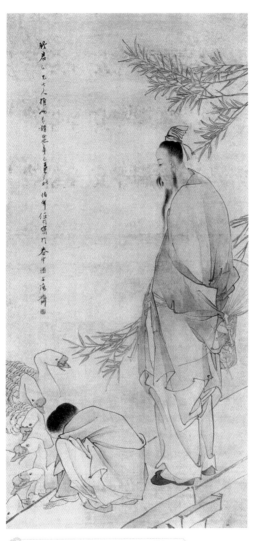

清·任颐·羲之爱鹅图轴

仔细数，有八只！

送灵一上人

唐·陈羽

十年劳远别，

一笑喜相逢。

又上青山去，

青山千万重。

6月9日

上人是对僧侣的尊称。他们深居简出，不常来到人间，很难见到俗世中的朋友。偶然相逢，很快又要回到青山高处。但城外有那么多座青山，再怎样眺望，也不能知道他走向何方。

诗意简单，而技巧并不简单。大数字与小数字交叠出现，往往可以制造出很有趣的张力。十年很长，相逢该有千言万语，而以一笑囊括；这次相见，也许只有一天，可往后的离别又不知多久，所以转而说青山"千万"。诗句虽篇幅极小，却被区区几个提示时间、空间和状态的词语装点得波澜起伏，这是它的第一个好处。

第二个好处，在于重复。回顾诗史，在汉魏六朝乐府诗中，常见两句诗中的词语前后相踵，称为"顶针"。这种手法，后来被文人吸收，使近体诗也染上了清新淳朴的口语气息。此处的两个"青山"，字面上虽未紧密相连，却仍有顶针的趣味。"又要到山中去了啊，可那些山无穷无尽"，诗人好像真的如此叹息着。

清·华嵒·山水册·五

千万重青山高处，小人儿孤孤单单。

盆池五首·其一

唐·韩愈

老翁真个似童儿，

汲水埋盆作小池。

一夜青蛙鸣到晓，

恰如方口钓鱼时。

6 月 10 日

　　后世的评论家为这首诗费了不少唇舌。批评者说此篇不
经心，太俚俗，对不起韩愈的名声。赞扬者说，这种出乎天
然，不加雕饰的句子，才是妙手偶得。

　　诗本来没有一定的标准。不妨问，它能打动你吗？更不
妨想，当你长大成人，可还能保有童心，愿意听这一夜蛙声？

◆ 方口：一般认为即枋口，在河南济源盘谷附近，韩愈曾在
那里游赏。

己巳正月
新罗山人
寫於寂高
深處檻中

清·华喦·杂画册·五

"呱"。

送人之江东

唐·刘商

含香仍佩玉，宜入镜中行。

尽室随乘兴，扁舟不计程。

渡江霖雨霁，对月夜潮生。

莫虑当炎暑，稽山水木清。

读古代文学作品，要以流动的眼光看待诗人的名声。生前就享有大名，直至今日依然家喻户晓的诗人为数极少。大多数人的艺术生命未必长久，如今已湮没在岁月的河床底下。可在他的"当代"，也许曾经颇受欢迎呢。

刘商在中唐还算是位名家，他能诗善画，擅长歌行，曾有诗集十卷，可惜只有一百多首传到今天。读这首五言律诗，便可想见其功力：把夏日行旅这样的苦事，写得如此晶莹剔透，也就烘托出那位到江东去的朋友，该是个温润美好的人。全篇不假雕饰，自然秀润，使人认识到唐诗面貌多端：不必开阔雄强，温和清澈也动人。

◆ 乘兴、扁舟：字面上看，是用晋人王子猷雪夜访戴典故。子猷冒雪乘船一夜，"乘兴而行"，到了友人戴逵家门口，却说兴致已尽，未曾登门便折返了。

明·程嘉燧·山水图册·五

　　青山绿水之中，小人儿仰首静坐，小船儿缓缓
前行。山光水影一片恬然，旅客的心情可想而知。

登柳州城楼寄漳、汀、封、连四州

唐·柳宗元

城上高楼接大荒，海天愁思正茫茫。

惊风乱飐芙蓉水，密雨斜侵薜荔墙。

岭树重遮千里目，江流曲似九回肠。

共来百越文身地，犹自音书滞一乡。

6月12日

　　唐顺宗在位时期的永贞革新，是中唐政治史上的一件大事。柳宗元支持革新者，失败后，先被贬到湖南永州。中间被短暂召还，仍遭嫉恨，元和十年（815），又被贬为柳州刺史，与他遭际相同的韩泰、韩晔、陈谏、刘禹锡，当时分别被贬在漳、汀、封、连诸州。春天，我们已经读过了刘禹锡的《元和十年，自朗州承召至京，戏赠看花诸君子》与《再游玄都观》，冬天，我们还会遇到的《洛中送韩七中丞之吴兴口号》。这些诗与本篇背景都相同。

　　柳宗元的文学成就主要在古文方面，诗名并不特别响亮，但这首七律很不错。他非常克制，不抱怨命运，而是勇敢地为自己的抉择负责。所以通篇没有一句痛哭流涕的话，只是情深意重地想念盟友们。他说："这里的夏天风雨迅疾，花乱树深；这里山重水复，交通不便。"他远远地，含蓄地向大家发问："音书阻隔，不知道各位都还好吗？"

明·张路·风雨归庄图轴

　　惊风密雨，海天愁思，都在画中。小人儿独坐阁中，树枝飞扬，遮断了他的视野；流水湍急，如愁肠百结。读画与读诗一样，都要注意细节——风雨如晦之际，何止树叶飞舞？檐角的铁马在摇，檐下的帘子在抖，屋中的小人儿，须发都向后飘。

江村即事

唐·司空曙

钓罢归来不系船，

江村月落正堪眠。

纵然一夜风吹去，

只在芦花浅水边。

　　这是一首非常著名的小诗，只写自由自在的生活和心境。钓鱼归来，在船中过夜，是件很小的事，很难把四句诗填得完满。所以要再制造一些起伏变化。"纵然"一句，就是用假设来打开局面，可以描写的画面一下子变多变大了，我们的视野也就被诗人带得宽阔了。

　　"不系船"是因，"风吹去"是果。夜风多情，把人送到另一片景致中。

明·邵弥·山水人物图册·六

　　明月下，芦花丛中，浅水边，小人儿坐在小船头。

望庐山瀑布

唐·李白

日照香炉生紫烟，

遥看瀑布挂前川。

飞流直下三千尺，

疑是银河落九天。

6月14日

　　李白作诗擅用夸张笔法，因而常有一种飞扬恣意的气息。这首诗写庐山瀑布，前两句平平无奇，后两句突然打开一个宏大的世界。

　　瀑布哪有三千尺高？银河也不能从天上落下来。可是第三句用了特别肯定的语气，第四句又带一点犹疑，就把观者的心理活动写得真实确凿，使读者根本不觉得这是夸张。

明·沈周·庐山高图轴

　　"直下三千尺"的瀑布，在画面左端。看瀑布的人在右下角，山影里，松树下。

题张十一旅舍三咏 · 榴花

唐 · 韩愈

五月榴花照眼明，

枝间时见子初成。

可怜此地无车马，

颠倒青苔落绛英。

6 月 15 日

　　"照眼明"是一个被动句式，分明是人去看花，却说人眼被花照亮，这花好像红得发光，熠熠生辉；好像有生命，把人的注意力攫取过去。我们常说诗人"炼字""炼句"，这种话已经成了诗词赏析时的套语。但这一句证明，改变语序也好，合理使用动词也好，确实有效。寥寥七字，大家都被这明亮的颜色吸引了，知道诗人要拿它大做文章。

　　那些早开早谢的花儿已经悄悄变成了果子。韩愈很有惜花的心情，可惜它生长的地方太偏僻，没有人来欣赏，白白让红花跌落在青苔上，绚烂缤纷终此一生。

　　至此方知，原来这首诗也在托物言志呢。

清·李鱓·石榴图轴

农历五月，正是公历此际。石榴确实已经连花带果，满满一树了。画上既有花，又有果，高低错落，十分可爱又难得。

逢入京使

唐·岑参

故园东望路漫漫，

双袖龙钟泪不干。

马上相逢无纸笔，

凭君传语报平安。

通常认为此诗作于天宝八载（749），岑参至西域，任安西节度使高仙芝幕府书记之际。他在路上遇到了进京的使者，想拜托对方捎个家信。可仓促相逢，无法写信，于是说："请帮忙传个口信吧，说我平安。"

这首诗好在真实。虽然想家想得泪水淋漓，沾湿了衣袖，可岑参一点儿也不煽情。"平安"二字口信，既是现实情况下的无可奈何，也是那个片刻里的大气和勇敢。他顾念着家人，可也独立承担着自己的命运。抛下话，还会扬鞭走马，向西奔去。

◆ 龙钟：沾湿的样子。

◆ 凭：靠着，依着。

清·华嵒·秋浦并辔图轴

　　白衣人回身侧马，红衣人执鞭迎上，仿佛正要交谈。他们拿了什么样的剧本呢？权且以岑参的诗为剧本，想象一番。

过郑处士

唐·白居易

闻道移居村坞间，

竹林多处独开关。

故来不是求他事，

暂借南亭一望山。

处士可以指未做过官的士人，也可以指隐居山林，不愿出仕的人。听说有一位郑处士把家搬到了种满翠竹的山坞里，白居易跑去造访，只用两句话表明来意："我没有别的愿望，只想借你家南边的亭子坐一坐，饱看青山。"

读这种大白话一般的诗，要从字面以外去体会诗意。把家搬到山坞里，郑处士是怎样的人呢？远来相访，只为看看山，白居易又是怎样的人呢？这样一想就能明白：朴拙的字面背后，依然有浪漫的情怀。

◆ 过：过访。

◆ 开关：指开门。

明·文震亨·唐人诗意图册·二

　　看过许许多多的诗意图以后，我们应当明白，文震亨的这一套究竟多么忠实于诗意。红衣服的胖小人儿，正在扁扁的亭子里认真看山呢。

晓入南山

唐·孟浩然

瘴气晓氛氲，南山复水云。

鲲飞今始见，鸟堕旧来闻。

地接长沙近，江从汨渚分。

贾生曾吊屈，予亦痛斯文。

6 月 18 日　端午

　　端午节又要到了。大家尽情吃粽子、挂蒲艾、缠五色丝，祈望消灾避病，长寿多福。可是追溯民俗的源头，毕竟有屈原不见容于浊世，因而投水自杀的故事。也毕竟有一代代不得意的文人同情他，尝试理解他，或者从他的命运出发，寄托自己的身世之感。

　　中国的文学传统是一条河流。后代文人学习典故的时候，总是把与它相关的一串故事都记住，使用时也会整个儿拿出来。所以许多经典故事都有长长的尾巴。

　　也许由于《史记》将屈原和贾谊安排在同一篇列传里，此后他俩经常共同出现。注意观察这一类现象，体会典故中不断增添的新内涵，不但有助于理解古诗词，更进一步说，这已经是在探索文学史，并试着讨论每一代诗人的思想资源。

清·吴历·人物故事图册·屈原

　　屈原在吴历的画里赤足散发。渔父劝他随波逐流，他做不到。我们现在依然敬仰他。

六月十八日

闲居孟夏即事

唐·许浑

绿树荫青苔，柴门临水开。

簟凉初熟麦，枕腻乍经梅。

鱼跃海风起，鼍鸣江雨来。

佳人竟何处，日夕上楼台。

　　江南深夏，青苔葱郁，江水涨满，睡席子还觉得微凉，可麦子已经成熟；枕头凉凉腻腻，是因为梅雨潮湿。这是极细致的内景。大风大雨，鱼龙曼舞，佳人不见，独自登楼，又是极开阔的外景。题为《闲居孟夏即事》，就是许浑在夏日闲居的某一天看到了这一切。

　　此前阅读《北固晚眺》时，我们说过它紧密又错落的结构之美。现在这首诗异曲同工，正好可以通过比较来解释它们的共同点：句子里的物象多，每五个字、十个字说出来的意思，远超字面，就显得紧密。动词的位置不断变化，就显得错落。颔联的动词落在第四字（"熟"与"经"），颈联则分别落在第二、第五字（"跃""起"与"鸣""来"），更不必说首联的"荫"与"开"位置还不同。动物、植物、天气，都以独特的节奏变化着——而它们又共同营造了万物蓬勃生长，飞扬恣意的夏季气氛。

清·刘彦冲·松风山馆图轴

绿树下，柴门中，主人临风静坐。周遭是一片安静澄澈的绿世界。

渡浙江问舟中人

唐·孟浩然

潮落江平未有风,

扁舟共济与君同。

时时引领望天末,

何处青山是越中。

　　孟浩然在小船上偶尔邂逅同路人。江上没有风,船走得慢。他不由抬起头,仰着脖子,望向视线尽头。他有一点着急,又有一点期待,轻轻问:"哪一座山,才是越地的山呢?"

　　他用轻俏生动的语言,把生活中的闪光片刻记录下来,并且洗得干干净净;去掉背景,去掉杂质,只留下好山好水里行旅的心情。

◆ 浙江:指钱塘江。历史上江北属于吴地,江南为越地。
◆ 引领:伸直脖子向远处眺望。多用以形容期望殷切。

清·高遇·名家书画册·十

画中山清水秀，小船上正载着两个人。

夏至

初候，鹿角解。

古人认为，在昼最长，夜最短的夏至，阴气便开始生长。雄鹿每年都会更换一对新角，人们觉得那是因为它感知到了阴气的缘故。

似乎没有描写这个现象的诗，鹿毕竟是山野里的精灵，换角这样的秘密，不能随意被人类参观。

二候，蜩始鸣。

蜩就是蝉。关于蝉的诗实在多。它高洁，餐风饮露；它忧伤，哀切不休。从『本以高难饱，徒劳恨费声』，到『昨日流莺今日蝉，起来又是夕阳天』，人们用它譬喻各种滋味的人生。

三候，半夏生。

夏至，便是夏天的一半了。半夏确实在此刻开花。

村舍燕

唐·杜牧

汉宫一百四十五，

多下珠帘闭琐窗。

何处营巢夏将半，

茅檐烟里语双双。

6月21日　夏至

　　夏至，意味着夏天过了一半。春天飞回来的燕子，仍然在到处寻找家园。宫殿深深，千门万户，不是垂着帘子，就是关着窗，它们无法飞进去做窝。唯有农家村舍，茅檐深厚，足供它们遮风挡雨。

　　这很像是在感慨人的命运。有些期待，有些怨怼，也有些不易察觉的温厚和平。

清·王礼·花鸟草虫瓜果鱼介图册·十二

又见双燕穿花。

夏日即事

唐·刘得仁

到晓改诗句，四邻嫌苦吟。

中宵横北斗，夏木隐栖禽。

天地先秋肃，轩窗映月深。

幽庭多此景，惟恐曙光侵。

6 月 22 日

　　夏至日昼最长，从此后每夜略多一刻。是所谓"一阴生"；诗人敏感，无寐之夜也觉得天地间有了一分秋气。北斗星高卧在天，鸟儿都隐在树枝上。他珍惜这静而短的夜晚，希望清晨晚些到来。

　　独处是诗词常写的事，它也确实是古代文人的内心需求之一。它使人安静下来，感官更加敏锐，时刻珍惜自然。

清·王翚·仿古山水册·三

画题为"夏木垂阴"。密密麻麻的树叶里，不知藏了多少小鸟呢。

闻官军收河南河北

唐·杜甫

剑外忽传收蓟北，初闻涕泪满衣裳。

却看妻子愁何在，漫卷诗书喜欲狂。

白日放歌须纵酒，青春作伴好还乡。

即从巴峡穿巫峡，便下襄阳向洛阳。

唐代宗宝应元年（762）冬，唐军大胜，将今日河南地界大体收复；次年，史思明子史朝义兵败自缢，安史之乱终于渐趋平定，此诗即作于当时。那时杜甫漂泊在梓州（今四川三台），挥笔写下了这首诗。

这首诗一定写得极快。"忽传""初闻""却看""漫卷""即从""便下"，是闻听消息之后，一连转了无数个念头；从"涕泪满衣裳"到"喜欲狂"，是从震惊中猛然醒转，方才反应过来，笑逐颜开；从"漫卷诗书"开始，是由实入虚，思绪从眼前的斗室，飘到了回家的路上；从巴峡巫峡，到襄阳洛阳，是恨不得一瞬间走完山程水驿，回到家园。

可惜，七年之后，杜甫还滞留在川蜀一带，最后卒于湘江上的一条小船中。终其一生，他都没能再回到中原。

清·张崟·春流出峡图轴

据画面左上端的题跋可知，此图确是作者想象中的巴蜀风光。云山雾罩，万壑争流，一只小船儿刚穿入峡谷，另一只已经穿了出来。

杜甫当年，也想坐上这样的小船回家去吧。

渡淮

唐·武元衡

暮涛凝雪长淮水，

细雨飞梅五月天。

行子不须愁夜泊，

绿杨多处有人烟。

"反其道而行之"，给人新鲜感的诗，更容易受到注意。

农历五月正是公历 6 月，江南的梅雨无休无止。这是常见的季候现象，无数诗人都写过它。说风雨使人忧愁的作品很常见，读多了不免腻烦；若有人能在风雨中保持潇洒，就很令人喜悦。

古人长途行旅，大多不是为了旅游，而是被命运驱使，不得已而为之，所以愁苦之音特别多。这首诗却非常淡定：淮河两岸雨势朦胧，波涛如雪，船已不能前行。可是，绿杨深处必有人家，不必担心今夜无处居住。

作者真是胸有成竹，仿佛常年在淮河一带来来往往，早已熟悉了一切。

宋·佚名·杨柳溪堂图页

　　"绿杨多处",当然有人烟。水边山脚,一带长堤,一座厅堂。还有许多小人儿正在奏乐呢。

酬张少府

唐·王维

晚年唯好静，万事不关心。

自顾无长策，空知返旧林。

松风吹解带，山月照弹琴。

君问穷通理，渔歌入浦深。

6 月 25 日

  含蓄不代表没有态度。有一位张先生来找王维，和他聊人生，希望获得指点，改变命运，从此一帆风顺。王维说："我觉得自己对人生没有什么好办法。我喜欢安静，不想动脑。我愿意在山林中吹吹风，弹弹琴。你的问题，我回答不了——请你听一听水上的渔歌吧。"

  答案已不言自明。

◆ 少府：唐代官名，县尉的别称。

◆ 长策：上策，好办法。

◆ 通理：困厄与显达的道理。

清·吴历·薋溪会琴图卷（局部）

小屋里，长松下，山水中，有人弹琴有人听。

金陵怀古

唐·许浑

玉树歌残王气终，景阳兵合戍楼空。

松楸远近千官冢，禾黍高低六代宫。

石燕拂云晴亦雨，江豚吹浪夜还风。

英雄一去豪华尽，唯有青山似洛中。

6 月 26 日

　　陈朝灭亡之后，六朝时代彻底落幕，南京只剩下官僚们的冢墓和宫殿们的残躯。一年又一年，自然风景永不变。鸟在飞，鱼在游，人在看。全篇几乎都是直笔，仅仅按时间顺序陈述往事、抒发感想，所用的典故也很常见，技巧并不特别高明。

　　但仍要承认，这首诗不愧为名篇，因为"造境"也是本领。作者将各种意象合理地安排在一起，用居高临下的视野统领它们，给读者画了一幅层次分明的山水图。何况诗的末句还耐人寻味：伟大的历史人物都逝去了。可南京依然是像洛阳一样群山环抱的好地方——那座最为繁华的城市，过去是隋的都城，现在是唐的东都。

　　"总结中心思想"，并不很难。我们立刻明白，他是想说：山形地势，"王气"云云，都没有什么用。历史的主角从来都是人。

◆　石燕：似燕之石。《浙中记》有记载："零陵有石燕，得风雨则飞翔，风雨止还为石。"

明·文伯仁·金陵山水册·方山

　　画上有松楸，在左上；有田畴，在右上。有青山，在正中；有流水，绕着弯。画中的这座山，曾是人们从东南方向出入南京城的必经之地。许多英雄都从它身侧走过。

溪亭

唐·许浑

溪亭四面山，横柳半溪湾。

蝉响螳螂急，鱼深翡翠闲。

水寒留客醉，月上与僧还。

犹恋萧萧竹，西斋未掩关。

6月27日

　　作者过着闲适的生活，偶尔喝醉酒，有时与和尚聊聊天。到夜里也不想睡觉，珍惜屋外的一丛翠竹，不肯关上房门。东游西逛，尽情观览，但"什么也不想"，也是很好的一天。

　　许浑是晚唐最重要的作者之一。读过几首诗之后，我们已经有点儿认识他了。此时要再做一点新的功课：总结其大概风貌。譬如，他的风格比较清新俊逸，喜欢用漂亮的意象来点缀诗句；律诗意象较多，节奏较快，属于飘洒流畅一路；他极其严格地遵守格律要求，颔联、颈联严格对仗；他不太喜欢用典故，更偏爱以自然景象寄寓感情。

　　"唐诗"，是个非常宽广的概念，像条大河。掌握每位名家的风貌，相当于在河上铺下一块块大石头，踩着它们，就容易过河了。路上还能看到形态各异、五颜六色的石子儿们，它们也都十分可爱。有些人过了河，自己去探寻其他的好风景；有些人一辈子留在河上舍不得走，就像贪看竹影的许浑，不愿意关门。

清·蒋廷锡·花卉草虫图册·九

一只螳螂挥舞着大刀。

玉台体题湖上亭

唐·戎昱

湖入县西边，湖头胜事偏。

绿竿初长笋，红颗未开莲。

蔽日高高树，迎人小小船。

清风长入坐，夏月似秋天。

6月28日

　　若以发展的眼光来学习古典文学，就知道"唐诗宋词"只是其中一个部分，此前此后，都还有许多可爱的作品。每一种成熟文体流行起来之前，都有其发展孕育的过程。古人很清楚这一点，并不讳言自己从前人那里学到过什么。唐诗的基础，自然是汉魏六朝的诗。杜甫就说自己学习过南朝的谢灵运、谢朓、阴铿、何逊。

　　《玉台新咏》所收诗歌，风格以纤巧为主，多收录男女闺情之作。这篇仿作里"湖"字两见，又有"高高""小小"这样的形容，活泼可爱，深得前人神髓。

◆ 玉台体：南朝徐陵曾选自汉迄梁有关女性及男女恋情的诗编为十卷，名为《玉台新咏》，后人仿其风格的作品，便称为"玉台体"。

明·王问·荷花图卷（局部）

"红颗未开莲。"

荆门西下

唐·李商隐

一夕南风一叶危，荆云回望夏云时。

人生岂得轻离别，天意何曾忌险巇。

骨肉书题安绝徼，蕙兰蹊径失佳期。

洞庭湖阔蛟龙恶，却羡杨朱泣路歧。

6 月 29 日

如果读诗只为陶冶性情，清新流畅的佳作当然更值得诵读。如果诗篇是一种储备，是将来人生种种境遇中的慰藉，那么酸甜苦辣都要知道一点儿。李商隐作此诗时，正决定去桂州刺史陈亚的幕府里工作。桂州在今广西龙胜、永福以东和荔浦以北地区，很是偏远。而陈亚是因党争才被贬外放的，前途黯淡，可想而知。

所以这是一首痛苦的诗。作者坐着小船，趁着风势，远行而去。回顾来路，瞻望去路，内心彷徨不安。离别是人生最难面对的事之一，可老天爷根本不在乎置人于险境。家人写信来，千叮万嘱，让他在边塞安心工作，可他却总想念着家园中的植物芬芳，岁月静好。杨朱遇到歧路，毕竟还有所选择，可以决定走哪一条，或者哪一条都不走。而他此刻已经别无选择，必须穿过洞庭水域，去往未知的西南地区。

在诗里，悲伤忧愁都常见，而困兽之鸣不常闻。李商隐让我们听到了。

明·安正文·岳阳楼图页

　　"洞庭湖阔蛟龙恶。"岳阳楼下水波拍天，船桅旗帜带风，船工竭力落帆使篙，要让它靠向岸边。古人的交通条件远远不能与今日相比，"蛟龙恶"既是比喻，也是现实。

狂夫

唐·杜甫

万里桥西一草堂，百花潭水即沧浪。

风含翠筱娟娟静，雨裛红蕖冉冉香。

厚禄故人书断绝，恒饥稚子色凄凉。

欲填沟壑唯疏放，自笑狂夫老更狂。

6月30日

　　这首诗作于成都时期。那时杜甫生活较为稳定，只是贫穷依旧。他写了一系列记录日常的七言律诗，主题并不宏伟，形式则精致而大方。说"百花潭水即沧浪"，仍暗示"可以濯吾缨"的志向；说荷花竹叶风含雨裛，下笔温柔。并且，这一联是"互文"：风里也有花香，雨里也有竹叶，只不过要求我们用联想来补足。

　　至颈联突然一转，有钱的老朋友已经断绝了音信，因为无人接济，幼子连饭都吃不饱了。明知这样下去恐怕会全家饿死，可杜甫仍然没有被生活打倒，他放出狠话，说自己要尽情适意，活到"填沟壑"的那一天。

◆ 沟壑：借指野死之处或困厄之境。《孟子·滕文公下》中有载，志士不忘在沟壑。

清·程邃·山水图册·五

　　诗意图有许多种。有些严格遵照原诗意蕴，有些却只取大概意思来写风景。画面右上端分明题写了本篇首联，可画中只有桥，没有堂；只有两山夹一水，大约也是寄情于《孟子》的典故，用意在"沧浪"。

六月三十日

雨夜

唐·吴融

旅夕那禁雨，梅天已思秋。

未明孤枕倦，相吊一灯愁。

有恋惭沧海，无机奈白头。

何人得浓睡，溪上钓鱼舟。

7月1日

　　公历六月中下旬至七月上旬，江南梅雨又如期而至。它有时磅礴淋漓，久久不休，带来秋天般的凉意。吴融是晚唐诗人，家在浙江绍兴，他很熟悉这样的雨夜。眼前是漫漫长夜，一盏孤灯，独自飘荡，不免感到寂寞。对繁华的人世还有所眷恋，不能果断抽身隐居；时运不济，头发都白了还没有发达的机会。在这样两难的境遇里，他知道自己必定睡不好了。谁能睡好呢？只有那位心无挂碍的钓鱼人。

　　这一篇并不格外精彩，可它的写法也有可取之处：以不知所措、难以安眠的自己，与心无挂碍、安然睡着的渔人相比，是一种对照。这种手法往往有很好的效果，因为人类总是在一种境遇里羡慕另一种境遇。

◆ 相吊：本指相互慰问，这里是相伴之意。

◆ 沧海：借指隐居于自然。这句是说，对红尘还有眷恋，下不了决心隐居，为此十分惭愧。

◆ 无机：没有机遇。

清·恽寿平·仿古山水图册·九

钓鱼舟停泊在一片烟雨里。

过香积寺

唐·王维

不知香积寺，数里入云峰。

古木无人径，深山何处钟。

泉声咽危石，日色冷青松。

薄暮空潭曲，安禅制毒龙。

读诗时要有这样的认识："风格多变"是写作能力的体现，而"典型面貌"则反映作者本身的性情。王维是一位风格多变的诗人，这首诗则具有其典型面貌：安静、内敛、多思。他喜欢描写沉静可爱的景物，愿意在这样的风景里待着，享受独处的时光。

这一天，他要去探访香积寺。虽然不知它在哪里，却也率性地抬脚进了山。一路有参天古木，淙淙泉水，却没有别的行人。寺还很远，只有钟声远远传来，提示着目的地的方位；日光透过松荫，照向大地，忽然就不再毒辣，带上了一丝清凉。他走了很久，才找到目的地，抵达时已是黄昏。于是在水潭边坐下，安心禅定，摒除恶念。

炎炎夏日里，我们有空调电扇，古人却只能"制"住邪念，祈望心静自然凉。

◆ 毒龙：佛本身曾变作毒龙，众生受害。但受戒之后，忍受猎人剥皮，小虫食身以至身干命终，后终成佛。

泉聲咽危石
日色冷青松
做大癡筆寫
右丞詩意

清·王原祁·山水图册·九

　　王原祁是清初著名的画家，风格以摹古为主。当时，在画作上题写古诗的做法已经相当常见了，本幅上正有"泉声咽危石，日色冷青松"一句。可是，也应该知道，绘画发展到那个时代，内涵已经非常复杂，这件作品并不能简单地视为一幅"王维诗意图"。

七月二日

望岳

唐·杜甫

岱宗夫如何，齐鲁青未了。

造化钟神秀，阴阳割昏晓。

荡胸生层云，决眦入归鸟。

会当凌绝顶，一览众山小。

7 月 3 日

这是杜甫青年时代的作品。开元二十四年（736），他曾到山东游览，在眺望泰山时写下了这首诗。它与我们熟悉的五言律诗不同，是一首古体诗。虽然同为五言八句，形制规整，甚至中间两联对仗工整，却用仄声字押韵。

大诗人下笔，从不轻率。诗题既然叫作《望岳》，便既要有"岳"，也要有"望"。岳是什么样的？广阔而高峻。它绵延在齐鲁大地上，带来了无边无际的绿色。它集造化神秀于一身，向着天空高高耸立，割开了夜晚和白昼。望是什么感觉？山真高。飘荡的云朵好像飞到了他的胸腔里，让他振奋而激动。山真大，需要长时间的目不转睛，才能捕捉到一只归巢的小鸟。

应当注意："荡胸生层云"与"阴阳割昏晓"，都在说山高峻。"决眦入归鸟"与"齐鲁青未了"，都在说山广阔，它们有主与客观之别，有虚实相生的趣味，也有互相照应的作用。

最后，泰山是伟大的。杜甫说，总有一天要登上顶峰，把群山撅在脚下。这句话写得如此真切自然，却有意想不到的用典技巧。孟子曾说过，孔子"登泰山而小天下"。原来青年杜甫的理想，是做一个孔子那样不畏穷厄的儒者。览其一生事迹，便知道：他也确实做到了。

清·王翚·泰岳松风图轴

清人笔下的泰山，风貌如此。

与夏十二登岳阳楼

唐·李白

楼观岳阳尽，川迥洞庭开。

雁引愁心去，山衔好月来。

云间连下榻，天上接行杯。

醉后凉风起，吹人舞袖回。

　　遇到以风景名胜地为主题的作品，要记得比较它们的异同。

　　岳阳楼与洞庭湖自唐代起就是名胜，咏者极多。李白胜在飘逸。他仿佛有神奇的力量，随便招招手，就能把风景托到读者眼前。前六句都以一个个意象或空间开头。楼、川、雁、山、云、天。分明是作者看见它们，可它们都像自己有意识似的，主动跑到诗里来。而诗的主人公，在摆脱愁思之后，就悄悄藏到了意象后头。

　　他的笔太灵活了。一笔远，山川湖泊；一笔近，雁行明月；一笔高，云间天上；一笔低，舞女衫袖。没有哪一句写楼高，我们却知道岳阳楼一定高。没有哪一句写喜悦，我们却能感受到诗人的喜悦，在好风光里，在好酒里，在姑娘袖底的凉风里。

雁引愁
心去山街
好月来
李白與夏
十二登岳陽
樓偶道此偶
寫此

（传）清·石涛·野色图册·一

"雁引愁心去，山衔好月来。"

夏夜宿直

唐·白居易

人少庭宇旷，夜凉风露清。

槐花满院气，松子落阶声。

寂寞挑灯坐，沉吟踏月行。

年衰自无趣，不是厌承明。

7 月 5 日

　　白居易作诗极多，对他来说，这是生活的记录；对我们来说，其中最好的篇章，才是所谓名篇。抱着平常心去看他的普通作品，却会获得一些新鲜的认识：原来许多心境是普遍的。衰老使人感到悲愁无趣，缺少活力，无法对熟悉的事物重新燃起新鲜感。从亲人的叙述里，其他的文学作品里，甚至从日常的所见所闻里，我们都能知道：这是一种普遍的感受。

　　如果你乐于思考，还不妨想一想：他是真的不讨厌值夜这件事，仅仅只是因年老而感到人生乏味吗？我不能给出答案，只想提醒大家：人生还有一种常态，叫作"口是心非"。

◆ 宿直：夜间值班。
◆ 承明：承明庐。汉代侍臣夜间值班时所居。这里指值夜这件事。

（传）宋·马麟·长松山水图页

松树下，房檐后，有人沉吟踏月行。

马麟是南宋最著名的院画家之一。这件作品正是以其风貌绘就的，但他的风格流行了相当一段时间，后来有许多无名氏的作品都归到了他头上。我们应当严谨一些。

葺夷陵幽居

唐·李涉

负郭依山一径深,

万竿如束翠沉沉。

从来爱物多成癖,

辛苦移家为竹林。

夷陵在今湖北宜昌西北。那里依山傍水,气候温暖湿润,很适合竹类生长,如今,那里还有一个著名的旅游景区,名叫"三峡竹海"。

古人曾经为竹子赋予不少美好的品质。历朝历代无数诗文为它增美,直到它几乎成为文人节操的象征。越到后来,喜爱它就越是喜爱一种意象,也是标举某些品格。回想我们熟悉的植物组合,"梅兰竹菊",莫不如此。至于它们本来的样貌,早已不是第一要义。托物言志的文学传统,就这样悄悄影响了我们看待事物的眼光。

这首诗却反其道而行之,全然不谈竹子的象征意义,只赞美它又多又密,"翠沉沉"。作者为了一片竹海,就肯辛苦移家。假如你也听腻了"凌云劲节"和"心虚涵容"这些套话,大约能够欣赏他的单纯。

◆ 负郭:靠近城郭。负,背靠着。

宋·佚名·竹涧焚香图页

　　远处一片竹林流水，近处几枝细竹，一块大石头。有人在其上安静地焚香，享受这片空间。

小暑

初候，温风至。

温风就是热风。酷暑时节，风都是烫的。你道这样的词语不能入诗吗？竟然也不是。诗人也会开玩笑地写些『苦热』的诗。嘴上说着『岂惮温风入』，身体却很诚实地汗如雨下。

二候，蟋蟀居壁。

新生的蟋蟀羽翼未丰，还住在人家的墙壁上。诗人也把它当作物候变化的播报员，在它的鸣声里感慨岁月易逝。所谓物候，本来是用

以提醒人们注意农时与生活的自然现象；久后却成了一些枝条，把我们系在名为『传统』的大树身旁。

三候，鹰始挚。

挚有捕捉、攫取、搏击等意。古人觉得鹰是因为感受到了肃杀的阴气，才开始学习捕猎。

当然不是。王维有『草枯鹰眼疾，雪尽马蹄轻』的句子，李白写过『八月边风高，胡鹰白锦毛』。鹰在一年四季里同样努力。

吾有十亩田

唐·王梵志

吾有十亩田，种在南山坡。

青松四五树，绿豆两三窠。

热即池中浴，凉便岸上歌。

遨游自取足，谁能奈我何？

7月7日　小暑

　　小暑时节，酷热难当。怎么办呢？初唐诗僧王梵志说，跳进池中洗个澡就好。既然已经过上了有田有粮有树木的生活，就可以感到满足了，也可以不害怕了。想劳动就劳动，想休息就休息，毕竟是自食其力，不用求人。

　　王梵志的诗大多不是传统意义上的"名篇"。他的生平事迹都不详，诗歌却传布很广，敦煌藏经洞里，留下了好几个抄本残卷，甚至远播到日本。这些作品都类似于打油诗，出语俏皮，或带有讽刺意味，或充满了朴素的道理。

　　读他的诗作，能帮助我们认识唐诗的多重面貌。让我们知道：士大夫阶层之外，也有好诗人；平仄、格律、对仗、典故之外，也有好诗篇。

无是山林诗典趣凉多在
碧若新涤松阴满地惟室翠
可逝半门徙倚涨
泰峯唐寅题

明·周臣·长夏山村图轴

　　有人倚着栏杆，乘着凉风，望着水面。
"凉便岸上歌。"

板桥晓别

唐·李商隐

回望高城落晓河，长亭窗户压微波。

水仙欲上鲤鱼去，一夜芙蓉红泪多。

7月8日

　　读古诗，总难免会在古人的世界里寻找"现代感"。或者说，总会不自觉地用现代人的阅读经验去欣赏古典作品。在这一点上，李商隐特别迷人。他擅长使用熠熠生辉的词语，有时，他的作品就像现代诗一样跳跃、迷离，留有余地，要求读者调动想象，参与创作，为全篇赋予意义。

　　这首诗便是一例。主流观点都认为它是在描写一对情人的离别，回望城市，天已将明。离别的长亭傍着水边。我们一时分不清天河与人间的河水，恍惚觉得长亭飘荡在水中央。这是个朦胧的清晨，又暗示着一个忧伤的夜晚。水仙一句用了"琴高乘鲤"的典故，琴高是战国时代乘着红鲤鱼出现在水中的仙人。这里借指即将离开的游子。最后一句则用了薛灵芸的典故。魏文帝所爱的美人薛灵芸离别父母登车上路，用玉唾壶承泪。及至京师，壶中泪凝如血。在这个必须分别的清晨之前，他的爱人已经哭了一夜，像一朵带雨的荷花，惹人怜惜。

　　说白了，好像只是个极普通的分别场景。可是全篇都用譬喻，字字句句都带着淋漓的水汽。遣词奇崛灵动，比喻出人意表，使人怀疑那不是人间儿女的恋爱，而是一对神仙的传奇。

明·李在·琴高乘鲤图轴

这就是真正的"水仙欲上鲤鱼去"。

江南行

唐·张潮

茨菰叶烂别西湾，莲子花开犹未还。

妾梦不离江上水，人传郎在凤凰山。

  诗题为《江南行》，又是比拟一位古代女性的语气，于是选用两种常见的水乡植物来引起话题，这便是诗人的匠心。查考张潮的生平，便知道他确实是位江南人士，家在江苏丹阳，一生未曾出仕。诗里的世界，他一定很熟悉。

  初冬，茨菰叶烂的时候，情郎离开了姑娘；如今荷花都开了，已是盛夏，他还不肯回来。她久居故乡，终日所见不过是这些熟悉的植物，所梦也离不开这条江。可是却有人传话告诉她，你的心上人啊，并不在江上谋生。他上了岸，此时停留在凤凰山。

  不管人在哪儿，总是未曾相见，她还要继续忧愁下去；无论梦境人言，总是不得实情，等待还没有尽头。但作品早在那残酷的事实处收束住了。他和她的命运，其实需要读者来补完。

◆ 茨菰：一种水生植物，叶形如戟，夏天开白花，球茎可食。曾是江南地带常见的食物。

清·胡慥·范双玉小像扇页

　　画中人是一位明末青楼女子。她站在水边，手执纨扇，沉沉远望，若有所思。我们就请她扮演"妾梦不离江上水"的女主人公吧。

卜居

唐·杜甫

浣花流水水西头，主人为卜林塘幽。

已知出郭少尘事，更有澄江销客愁。

无数蜻蜓齐上下，一双鸂鶒对沉浮。

东行万里堪乘兴，须向山阴上小舟。

7 月 10 日

　　古人早就认识到杜甫的伟大。他们一遍遍注释他的诗，考证他的生平细节，为重要作品编年。感谢这些前人的工作，如今我们知道此诗应该作于上元元年（760）。那年他四十九岁，在好心人的帮助下，以成都西郊浣花溪边为宅地，搭起了一座草堂。从此，他度过了一段安定的日子，写过一些生活趣味浓厚的诗。这些作品在诗歌语言的开拓方面，有很大的功劳。

　　我们过去说过，杜甫的笔墨非常精练。并且，这种精练，有时看上去还非常轻松。难得平静的生活帮他达到了这种状态。许多时候，他不是竭尽全力地去"刻画"事物，而是恰如其分地用词语称量它们。回想那些轻轻"出"的小鱼儿，微微"斜"的燕子，"深深见"的蝴蝶，再看此篇，便能体会到异曲同工之妙："上下"与"沉浮"，单看很不起眼，可用来描述"一大群蜻蜓"与"两只水鸟"，就显得合理。

　　"恰如其分"，是语言艺术最高的境界。

◆ 卜居：选择居所。卜，选择。
◆ 鸂鶒［xī chì］：水鸟名。俗称紫鸳鸯。

明·周文靖·雪夜访戴图轴

　　这幅画是王子猷雪夜访戴的人物故事图。半年过去，相信读者们都已经明白：典故不仅影响了诗歌，同样也影响了绘画，它会成为一些流传悠久的主题。

楚吟

唐·李商隐

山上离宫宫上楼，

楼前宫畔暮江流。

楚天长短黄昏雨，

宋玉无愁亦自愁。

　　楚国宫殿依然在，黄昏流水也依然是旧模样。天上下起雨来，一阵长，一阵短。这样的自然环境真让人开心不起来。平静的人面对此情此景，也难免情绪低落，何况李商隐本来就是个多愁善感的人。

　　这是一首格律严整的七言绝句，但颇有民歌意味。此前介绍过的"顶针"修辞手法，在本篇中又一次出现了。反复强调"宫""楼"二字，既向读者刻画了眼前的景色，又说明眼前除此别无他物，楚地的山水和建筑，千百年来风貌如昔。它们曾经打动过战国时的宋玉，如今又打动了唐代的诗人。

　　在唐代诗人阵营里，李商隐肯定排在第一梯队的前列。如同过去提过的那样，一流作者往往是多面手。《板桥晓别》那样朦胧、梦幻，通篇透着灵巧劲儿；可《楚吟》却很质朴，只是刻写实景，捏住一个"愁"字，回环往复地强调它。

◆ 离宫：帝王出巡时所住的行宫。
◆ 宋玉：战国时楚国的文学家，以辞赋出名。作品《九辩》是后来文士悲秋传统的开端。这里很可能是代指诗人自己。

清·樊圻·山水图册·一

　　暮江烟雨，天长地阔，是一片惹人忧愁的风景。

采莲曲

唐·王昌龄

荷叶罗裙一色裁，

芙蓉向脸两边开。

乱入池中看不见，

闻歌始觉有人来。

7月12日

采莲是水乡的农事。因为从事者多是女子，工作在水边花底，莲子又与"怜子"谐音，有美好的寓意，引得历来文人歌咏不休。"你站在桥上看风景，看风景的人在楼上看你"，水中劳作的姑娘们，与荷花荷叶一样，都是风景的组成部分。

此诗好在只写场景，不作引申，让人看到姑娘们多么美丽：绿罗裙与荷叶同色，脸颊与芙蓉争艳。必定是刚刚开工，她们才能这样登场亮相。因为劳作的真实情景是只闻其声不见其人：大家分散在池中，荷叶高而密，都看不见对方，只是唱着歌；声音近了，就知道附近有人来。

虽然学诗要有通透而浪漫的心，不可以时时较真，但此处其实该问：乱入池中，哪儿就至于彻底"看不见"了？然后你才明白，这话虽然略带夸张，却早有伏笔，前两句恰好能够解释它：姑娘们绿裙子，红脸蛋，与红花绿叶太过和谐。

"天衣无缝"，是大诗人的勋章之一。

清·焦秉贞·仕女图册·一

　　这是一幅仕女图。画中的姑娘们并不是真正的采莲女，只是在莲塘里荡舟行乐。可她们分明摘下了莲花呢。

南垞

唐 · 王维

轻舟南垞去，

北垞淼难即。

隔浦望人家，

遥遥不相识。

　　这是王维在辋川别墅闲居期间所作组诗中的一首。小诗如摄影，在天地间框选一帧风景。南垞近，北垞远。去不了，只能投以目光。于是船儿默默划走了。

　　王维作过很多这样的小诗。《鹿柴》《辛夷坞》《白石滩》……这些作品沉静幽深，诗里有时无人出现，即使有人，也只是一些声音和身影，是所有意象中的一个，并不具有超然的地位。这些诗给我们一种看待他者的眼光：多观察，少改变，尊重自然规律。爱护花木，寄情山水，但不要惊扰它们，以及生活在其间的他们。

◆ 垞 [chá]：小丘。诗中的南垞和北垞都是地名。

◆ 淼 [miǎo]：水势辽远。

◆ 即：到，往。

明·沈周·东庄图册·十八

　　《东庄图册》是沈周最可爱的画册之一，设色沉稳多变，笔意活泼俏皮。"隔浦望人家"，可小船儿分明往另一个方向摇过去了。

咏风

唐·王勃

肃肃凉风生，加我林壑清。

驱烟寻涧户，卷雾出山楹。

去来固无迹，动息如有情。

日落山水静，为君起松声。

这是初唐的作品，虽然步调齐整，对仗严密，却还不是律诗。不过，即使后人在形式上做了更多努力，终唐一代，咏物作品的写法大多不出这个范围。

风是一件无形之物。想要描摹它，就得刻写事物的姿态，人的感受，再让读者从一切细节里想象原物。末句说，"为君起松声"。这个"君"字并非实指，它几乎就是每一位读者本人。风儿为大家摇动松枝，带来了动听的声响。我们立刻捕捉到了诗意。

"借力打力"，实在是咏物诗的妙方。韦庄有一首《愁》，也用到了同样的手法。他说，忧愁是夜里的心火，早晨的白发。李商隐有一首《泪》，他不描写泪珠的模样，只是排列出让人落泪的场景，让读者自己想一想，哪一个时刻哭得最多。

阅读古诗词是这样一个过程：读得越多，再读新篇时的知识背景就越丰富。每个词语、佳句，每种技巧、手法，都不是独立存在的。过去的每一个语境，都能帮助你理解眼下的新语境。我们终将建立起一座精神上的园林。

◆ 加：使增加。此句意为凉风让林壑更加清幽。

（传）宋·佚名·飞阁延风图页

　　高阁上，栏杆旁，两位女子在等风。此作旧题为北宋王诜所作，可惜无论是从风格还是水平来看，都远不够格。

池畔

唐·白居易

结构池西廊，

疏理池东树。

此意人不知，

欲为待月处。

　　李白的飘逸，王维的安静，杜甫的雄浑开阔，可能都不难体会。但白居易好在哪里，并不太容易总结。因为他太随意了，很难精准地贴上一个标签。我们只能一首一首地记住他的作品，留在心里。也许某时某刻，在某个特殊的场景下，会恍然大悟，受到触动，明白家常白话也是一种好滋味。

　　这二十字是一个陈述："我忙忙碌碌，搭起长廊，修剪树木。大家都不明白这是为什么。那么，告诉你们，以后都想在这儿等待月亮。"

　　把隐秘的欢喜揭开来，也就成了诗句。

◆ 结构、疏理：都是动词，分别是建筑与修剪的意思。

明·董其昌·燕吴八景图页·舫斋候月

　　《燕吴八景图页》是董其昌早年的一套册页，极为著名，非常清新可爱。本幅名为《舫斋候月》，斋前近有两株高松，远有若干花树。一座湖石之前，又恰有一片平池。斋中三人围桌，僮仆侍侧。他们正等着月亮升起来。

盆池五首·其三

唐·韩愈

瓦沼晨朝水自清，

小虫无数不知名。

忽然分散无踪影，

惟有鱼儿作队行。

　　读古诗词，要尽量了解作品的背景。《盆池》组诗共五首，这是第三首。根据前人研究，这组诗大约作于元和十年（815），当时韩愈已四十八岁，官居吏部考功郎中，知制诰，也就是负责百官考绩工作，兼草拟诏令。这个职位权责很重，他分明是一位重要的官员了。

　　可是，虽然已不年轻，也不再清闲，他还保留着纯粹的心境。他用灌满水的盆子做成小池，在里边养了些鱼儿和青蛙，种几节藕，指望它们长大开出荷花。他热情地观察这个小世界，借着倒影数星星，整夜听着蛙鸣，看虫儿聚散，鱼儿排队。他甚至一反平日的古朴深奥，用非常浅显的诗句来赞美这片小池。

　　人生漫长。在简单的小事里找到乐趣，并且保持它，是一种宝贵的能力。

◆ 瓦沼：瓦盆般的水池。形容池小而浅。

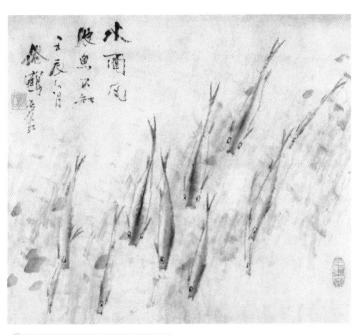

清·虚谷·杂画册·五

　　虚谷是晚清著名的画家，安徽人，在上海卖画为生。他的作品以花鸟为主，造型简单，甚至有些稚拙，但正巧与动植物们天真自在的面貌相契合。看，本幅中的一群鱼儿，不正在"作队行"吗？

横江词

唐·李白

横江馆前津吏迎，向余东指海云生。

郎今欲渡缘何事，如此风波不可行。

　　横江一带，江水从东西折为南北向，流势湍急。李白到了这里，想要渡江，小吏迎上来，告诉他风波险恶，不可贸然前行。

　　这首诗是平铺直叙的，没有什么惊人之语。它的说服力全在后两句，如此质朴，尽是大白话："李先生啊，为啥非要在这个时候渡江？看看那大风大浪，多么危险。你渡不过去的。"津吏久居当地，熟知气候变化，尚且一片诚恳地说"走不了"。这两句话就比无数游客的慨叹更令人信服。

◆ 横江：今安徽马鞍山市和县东南，与采石矶相对的一段长江。所谓"馆"，是其地的馆驿。

◆ 津吏：管理渡口的吏员。

◆ 余：我，指李白自己。

宋·马远·水图卷·云生沧海

《水图卷》是一套特别著名的宋画，共十二段。"向余东指海云生"，大约与画上的情景相仿佛。

黄鹤楼

唐·崔颢

昔人已乘黄鹤去，此地空余黄鹤楼。

黄鹤一去不复返，白云千载空悠悠。

晴川历历汉阳树，芳草萋萋鹦鹉洲。

日暮乡关何处是，烟波江上使人愁。

7月18日

　　黄鹤楼在今湖北武汉长江边。传说曾有仙人骑鹤经此，又飞升而去。前四句反复强调这个典故，竭力烘托出楼的历史悠久，又着重说明往昔早已不复可追，这座楼如今已是一座孤单的遗迹。

　　古人已不得见，不得不转而俯瞰实景。于是作者不再抬头看白云，而是垂头俯瞰，但见江水、树木与芳洲，一片生机盎然。可是看不到家乡，也回不去，他终于在黄昏里生出愁思。仙人骑鹤，随兴而往。凡人碌碌，欲归不得。诗篇结束时，人与楼一样孤单。

元·夏永·黄鹤楼图页

请睁大眼睛仔细看，画中还有"昔人已乘黄鹤去"的那个瞬间呢。

望天门山

唐·李白

天门中断楚江开，

碧水东流至此回。

两岸青山相对出，

孤帆一片日边来。

　　天门山位于今安徽省当涂县与和县之间。这里有东梁山与西梁山遥遥相对，两山夹峙，而山顶并不相连，故称"中断"。长江本向东流，经过这里时，却一度折而向北。于是，诗的前两句制造出一种因果关系，好像是天门山改变了江水的方向。其实这两座山并不高峻，可诗句这样处理，就使它们气势陡增。

　　变换视角，也是这首诗的高明之处：站在船上看，是山势渐渐探出真身，跃入眼帘；站在山上看，却是小船儿载着太阳光，压着粼粼波浪，向人而来。这样跳跃的想象，在小诗里尤其难得。帆影山光因此都带着动势，"云蒸霞蔚""风生水起"，都可以想象出来。

◆ 楚江：指流经楚地的一段长江。

天門中斷楚江開碧水東流至北迴兩岸青山相對出孤帆一片日邊來李白望天門山。以張僧繇沒骨法圖之清湘大滌子石濤寫

清·石涛·唐人诗意图册·五

这一套《唐人诗意图册》特别可爱。图上录诗，作"至北回"，是因为石涛读的诗集和我们读的版本不同。

夏景端居即事

唐·韦应物

北斋有凉气，嘉树对层城。

重门永日掩，清池夏云生。

遇此庭讼简，始闻蝉初鸣。

逾怀故园怆，默默以缄情。

　　我们曾反复解释过，古人作诗不一定都是"文学创作"。韦应物诗作的典型风格是清微淡远，意蕴在文字之外。他写了许多简单清楚的五言律诗，只为记录日常生活中的片刻经验。唐人对他的作品就很欣赏，白居易甚至有"高雅闲澹，自成一家"的评价。现代人忙忙碌碌，并不容易体会这种安静闲雅的状态。且来看看韦先生的夏日如何度过。

　　一片静谧清凉中，他在重门深院中处理工作。公事不多，得了清闲，就静静感受夏天的气息。北面的屋子不朝阳，树荫下凉风习习，白云倒映在池中，知了叫了起来。他想起了家乡，满怀思念，却归于沉默。

　　这样的诗篇读多了，似乎也真能"想见其人"：他僻处世界一隅，默默观察四时变化，又有丰富的内在感受。

◆ 端居：平居，安居。
◆ 庭讼：公堂诉讼之事。

清·蔡嘉·山水图册·五

"重门永日掩,清池夏云生",小人儿在斋中,在池上。在层层绿树浓荫下,在一座座青山掩映中。

与卢员外象过崔处士兴宗林亭

唐·王维

绿树重阴盖四邻，

青苔日厚自无尘。

科头箕踞长松下，

白眼看他世上人。

7月21日

　　员外是官称，处士是尊称。六月三日，读《赠刘司户蕡》时，我们介绍过这种把官名夹在姓和名之间的称谓方式。卢象是王维的朋友，崔兴宗则是其内弟。他们关系很近，所以聚在一起时，可以"科头箕踞"：不戴冠，伸脚而坐，自由自在。

　　通过不同的作品观察同一位作者，是件有趣的事。王维独处时安安静静。和亲朋好友在一起时，就完全换了副模样。东晋时阮籍"能为青白眼"：遇到欣赏的人，就用黑眼珠看他；遇到俗人，就翻白眼儿。这三位避暑深山，躲在松树的浓荫下，坐在厚厚的青苔上，衣冠不整，放浪形骸。他们瞧不起红尘中庸庸碌碌的俗人，只珍惜着这段可以让彼此无拘无束的友谊，享受着山中的丝丝清凉。

◆ 处士：泛指未做官的士人。

绿树重阴盖
四陵青苔日
厚自霖尘科
头其踞长松
宫吕眼香他
世互以
王雉与卢异外
象满崔居正兴
宗林亭今以周泉
矩瘦硬法得之

清·石涛·唐人诗意图册·一

　　王维这首诗，今天的读者可能并不太熟悉，可石涛却把它题在画上。图上录诗，作"四陵"，盖因版本不同。其实，许多在诗意图册中出现过的唐诗，今天大家都"不太熟悉"了。这个现象提醒我们，古人和今人的品位、趣味、阅读范围，都有些不同。

避暑

唐·徐凝

一株金染密，

数亩碧鲜疏。

避暑临溪坐，

何妨直钓鱼。

为什么不妨"直钓鱼"？只为水上有凉风，借机在岸边坐一坐罢了。这里风光独好，有一树浓花，一片疏草，让人平心静气，挨过一年中最热的大暑时光。

◆ 直钓鱼：这里暗用姜太公钓鱼的典故。传说他钓鱼时不用弯钩，"愿者上钩"。

明·杜琼·南村别墅图册·七

　　水草边，高树下，小屋前，小人儿正垂下钓竿。

大暑

腐草爲螢　土潤溽暑　大雨時行

初候，腐草为萤。

古人认为萤火虫是由腐草变化而来，所以说它是『腐草为萤』。

其实，它们只是在大暑之时孵化而出罢了。

腐草为萤虽不可能，却是浪漫的想象。杜甫、岑参、李商隐都形容过它。『于今腐草无萤火』，更是沉痛的咏史诗。

二候，土润溽暑。

土壤湿润，潮气上行，是蒸笼一般的夏天。诗人们开始铺凉席，睡午觉，种竹子，养鹅，寻觅一切物理上的『凉快』和视觉效果上的『清凉』。

三候，大雨时行。

大雨才是终极的降温利器，只是太容易让人走神了。雨声是回忆往事的钟摆。普通人尚且如此，诗人就更未免有情。『独对一尊风雨夜』，无限的远方，无穷的人们，都在心头。

南陵道中

唐·杜牧

南陵水面漫悠悠，风紧云轻欲变秋。

正是客心孤回处，谁家红袖凭江楼。

7月23日　大暑

　　杜牧的七言绝句常常造句如画。低处、近处有水有风，船儿飘荡，旅客已感到了秋意；远处、高处，有一位女子凭高眺望。楼上的她如果是闲居怡悦，则恰好反衬出船上的他飘摇无定；而她若望远怀人，则又不知是否也有谁在思念着他。作者在毫无关系的远近两人之间拴起了一条线，引起读者遐思无限。

　　这种于广阔世界中提炼意象，在事物间建立联系的本领，至少与"造句如画"同样了不起。杜牧无愧为唐代第一流的大诗人。

◆ 南陵：指安徽南陵，唐时属宣州，杜牧曾在那里为吏。

南陵水面漫悠悠
风紧云繁欲罢杯
西卷窗心孤迥豪
谁家红袖倚高
楼
玄宰

明·董其昌·山水图册·二

　　还请大家睁大眼睛看。全诗题写在画面右上端。文字下方，右侧高楼上，有个小人儿穿着红衣裳。

狂题·十五

唐·司空图

昨日流莺今日蝉，

起来又是夕阳天。

六龙飞辔长相窘，

更忍乘危自著鞭。

7 月 24 日

　　宋人笔记总结此诗，有劝人抵制色情，爱惜身体的意味。历代文献不断发扬此说，以至它著名得过分，频频出现在笔记和小说中。

　　可如果撇开这些说法，单看文字，全篇只是在感慨时间过得飞快。流莺是春天的鸟，蝉是夏日的风物。季节变换迅速，使人心惊肉跳。一天从早到晚，不过是一场酣眠的时间，挥挥手就送走了夕阳。太阳神的车，飞一般地奔跑，让作者又害怕，又无助。

　　人生有时很漫长，有时却很短。大家都有过这种体会。于是，作者问，我们自己也要与羲和一起扬起鞭子，催促龙车，让它跑得更快些吗？我们真的忍心这样做吗？

　　其实他是想知道，该如何面对自己的生命。挥霍它，还是珍惜它？

◆ 六龙：指太阳。古代传说中，太阳神乘着六匹龙拉的车，羲和是他的车夫。

◆ 辔 [pèi]：驾驭牲口的嚼子和缰绳。

明·孙隆·花鸟草虫图册·二

　　一只蝉儿抱着花枝，正是夏日的风物诗。它那薄而透明的翅膀画得尤其精巧，仿佛还反射一点儿光芒。

巫山高

唐·卢照邻

巫山望不极，望望下朝氛。

莫辨啼猿树，徒看神女云。

惊涛乱水脉，骤雨暗峰文。

沾裳即此地，况复远思君。

7 月 25 日

　　古典文学帮助建构了每片土地的历史形象。譬如，当我们说到江南山清水秀，塞北孤烟落日，其实不只是从传统中学到优美的表述，同时也继承了古人们的地域观念。因此，对同一个地区的各种描写，也是读古诗词时应该留意的。

　　唐人在楚地写下了很多诗篇。他们很喜欢襄王神女的故事，一再想象，反复吟咏。初唐时期，卢照邻就决定尽情投身到这浪漫的典故里去。巫山脚下，故事令人怀想，风景使人凄悲。更何况，他这位普通的人间旅客，也怀揣深重的思念，心甘情愿在此一哭——尽管我们不知道，诗中那位"君"究竟是谁。

◆ 神女云：宋玉《高唐赋》中有位神女，与楚襄王幽会后别去。临别时说自己住在巫山南边，"旦为朝云，暮为行雨"。所以作者见到巫山上的白云，便觉得那是神女的化身。

明·项圣谟·招隐诗意图册·八

　　好大的雨！画上题写着"惊涛乱水脉，骤雨暗峰文"这句诗，正是《巫山高》诗意图。

过楚宫

唐·李商隐

巫峡迢迢旧楚宫，

至今云雨暗丹枫。

微生尽恋人间乐，

只有襄王忆梦中。

卢照邻卒后一百余年，李商隐才诞生。现在来看一看他笔下的楚宫。卢先生是从传说想到自己：巫山一带总是云雨迷蒙，神女一定在思念襄王，而自己也在想念一个人。李商隐却是反其道而行之，他心怀悲悯，不但同情世人，也同情神话中的人。他说："普通人总是苦苦留恋人间的幸福，只有楚襄王，才永远忘不了那个和神女相见的梦，因为神女不会再来到人间。"

《高唐赋》的典故很有生命力。为什么呢？因为许多后代诗人喜爱它，反复引用它。巫山巫峡都是著名的旅游胜地，又为什么呢？至少部分因为，每一代文学家在这里作诗作文，使它的名声不断壮大。现代社会里，古典文学还有什么意义？也许这些问题可以帮你找到答案。

◆ 楚宫：在巫山县北，巫峡之下。

明·詹景凤·舟出巫峡图轴

何止文学家？画家也钟情于此地。画上的巫峡又高又长。襄王神女都不见了，只有白云萦绕在山间。

题别业

唐 · 欧阳詹

千山江上背斜晖，一径中峰见所归。

不信扁舟回在晚，宿云先已到柴扉。

7 月 27 日

　　一个将要回家的人，满心都是企盼。他在黄昏里乘着小船，眼巴巴地向着中峰脚下的山路摇去。夜晚的云，不信他还要走很久，早早飘来相候，笼罩了柴门。

　　他觉得是世界温柔地对待自己。其实，是他自己有一颗温柔的心。

◆ 别业：别墅。古人有多处居所时，"别业"就与"旧居"相对而言。
◆ 宿云：夜晚的云气。

明·文震亨·唐人诗意图册·八

　　小人儿在船上仰首望天。一段橙黄色的夕云，果真比小船走得
更快呢。

远望

唐·崔涂

长为乡思侵，望极即沾襟。

不是前山色，能伤愁客心。

平芜连海尽，独树隐云深。

况复斜阳外，分明有去禽。

7月28日

　　与古文和现代文一样，古诗也可以使用连接词来表示转折和递进，只是诗的字数少，"版面"精贵，作者们通常不愿意浪费，宁可让读者自行体会。

　　这一首却用了两个。一处"不是"——不是山色让人惆怅，而是思乡之情让人落泪。又一处"况复"——约等于"况且"：家太远了，它在平芜和云树之外，而且鸟儿可以自由地飞过去。它含蓄地反证：人还在红尘中奔走，回不了家，不得自由。

　　还要提醒大家：由"不是"开头的颔联，也是一个精彩的流水对。把它们拆成两半，意思都不完整。合起来却是一句痛快话。

明·唐寅·山水人物图册·五

画上有山，有云，有人独坐远望，鸟儿在他头顶飞旋。

柳枝·其五

唐·李商隐

画屏绣步障，

物物自成双。

如何湖上望，

只是见鸳鸯。

7月29日

　　李商隐之所以敏感、细腻、善解人意，又喜欢"藏一半说一半"，至少部分因为他是个有故事的人。他的故事还很不少，知道一点儿，将有助于理解其诗篇。

　　《柳枝》组诗原有长序，诗里的姑娘爱慕他的才华，一度想要与他相见，并订下终身；因故不偕，转嫁他人。后来，李商隐追怀往事，很是惋惜，写下五首小诗，这一首是最终章。他看到屏风和步障上的纹饰，都成双成对。他把目光移到湖上，只有鸳鸯成双成对地游着。

　　读诗，一定要努力去听弦外之音。或者说，有时诗人费尽心机，正是为了引诱读者去领会他没说出来的意思。"如何"，就是"为什么"。问万事万物为什么成双成对，就是在问命运，为什么不让有情人真正在一起，使他空落得形单影只。

◆ 绣步障：绣花的屏幕。

清·华嵒·桃花鸳鸯图轴

春如本玉溅瑶池脑流何以慰相思含情
欲问鸳鸯鸟漫对桃花题些诗
戊午春新罗父写于研

"只是见鸳鸯。"

七月二十九日

寻隐者不遇

唐·贾岛

松下问童子，

言师采药去。

只在此山中，

云深不知处。

　　五言绝句如此短小，却能描摹一座云封雾锁的深山，这就是诗人的本领。他引我们来到半山中，旁听了两人的对话，省去了大量笔墨："我师傅采药去了。在这山里，在这深深的云雾里，在我也不知道的地方。"

　　于是我们和诗人一起放弃了。在深山入口，向浓云迷雾望一望，知道无法寻得隐者。然后恍然大悟：真正成功的"隐"，不就是"寻不着"吗？

明·陆治·幽居乐事图册·采药

　　有一种反映文人生活趣味的图册，从明代开始渐渐流行起来。那时，江南富裕之地，有些读书人不必出仕，或者早早辞官回家。《幽居乐事图册》共有十页，内容为"梦蝶""笼鹤""观梅""采药""暮鸦""停琴""渔父""放鸭""听雨"和"踏雪"。单看这些题名，也可以想象画里的主人公正是一位隐士，他的生活自由而快乐。

送友人

唐·李白

青山横北郭，白水绕东城。

此地一为别，孤蓬万里征。

浮云游子意，落日故人情。

挥手自兹去，萧萧班马鸣。

7 月 31 日

　　这首诗写得极其浑成而紧凑，谋篇布局俱有章法。习惯上，律诗首尾两联不对，而中间两联必须对仗。此诗则首联抢先对仗，颔联不对，颈联又对。唐诗中也常见这样的例子，后人以梅花在春天之前就开放为譬，把这种格局叫作"偷春格"。

　　诗的好处几乎不待多言，只想补充一个细节。"浮云游子意，落日故人情"，固然应该理解为"游子的心思，像浮云一样，摇摆不定；送行者的不舍，像斜日眷恋人间，不肯落下"。但一句古诗词，各个语素之间往往没有准确的连接词。一方面需要我们努力理解句意，加以补充；另一方面，却也暗示着更多的可能。比如此处的浮云和落日，应该不仅是譬喻而已，还可能是送别时的实景，是烘托气氛的意象。它们与青山白水一起，把画面点染得五颜六色；此外，北郭东城是送别的地点，而它们又标示着时间。

◆　蓬：一种植物，干枯后随风飞旋。这里指友人此去孤身一人，就像飞蓬一样独自远征。用蓬来譬喻远行者，是个历史悠久的文学传统。

（传）宋·陈居中·苏李别意图卷（局部）

　　在我们熟悉的绘画传统中，明中期，苏州开始流行各式《送别图》，它们多以长卷形式展开。江南多水，人们不骑马，只乘船。为了对得起"萧萧班马鸣"，又只能请另一个典故中的古人来扮演李白的朋友了。李陵投降匈奴，苏武执节归汉，他们的诀别场景的确在北方。

　　马嘶声里，故人长绝。

登岳阳楼

唐·杜甫

昔闻洞庭水，今上岳阳楼。

吴楚东南坼，乾坤日夜浮。

亲朋无一字，老病有孤舟。

戎马关山北，凭轩涕泗流。

8月1日

　　大历三年（768），杜甫流寓岳州（今湖南岳阳），一般认为此诗正是那时所作。这位经历战乱的老诗人，有了沉郁而开阔的境界。作此诗时，他漂泊异乡，对朝廷与个人的前途都深为忧虑。题为登楼，所见实是茫茫水景，所以开头就引入了"洞庭湖"。

　　洞庭湖太过宽阔，水面延伸到地平线尽头，分开了远方的吴楚大地。它又太过浩荡，使天和地都在这水光里浮了起来。杜甫像被命运抛掷到这座高楼上。没有人关心他，想念他。天地越大，湖越阔，楼越高，显得他越孤单。

　　没人想他，他心里却有许多别人。课本上说杜甫是"伟大的现实主义诗人"，赞美他忧国忧民，这话并不是陈词滥调。在自己过着好日子的时候，关心国事并不困难。难的是，在已经无家可归的人生尽头，在亲朋音书尽绝的日子里，在衰病交加的时刻，他还没有忘记西北的战火，他的眼泪不仅为自己，也为这个王朝而流。

元·夏永·岳阳楼图页

　　此作本幅无作者款识，扇面右上方的一段小字，是蝇头小楷书写的全篇《岳阳楼记》，因此知道茫茫水面正是洞庭水，而那座高楼正是岳阳楼。

闲居杂题·鸣蜩早

唐·陆龟蒙

闲来倚杖柴门口，

鸟下深枝啄晚虫。

周步一池销半日，

十年听此鬓如蓬。

8月2日

　　自然风景年年如故，只有人不断老去，也只有人能意识
到这一切。蝉声动听，暇日久长，陆龟蒙忽然反应过来。他
已经闲居得太久太久，在这声音里变得两鬓斑白。

　　全篇简单得像家常闲话，其实也用到了些技巧：半日很
短，十年很长。这个对比引诱我们继续想下去：在这十年里，
每到蜩鸣的时节，他都会这样绕着池子消磨半日吗？这些路
上，他是悠闲自在，还是心事重重？

- ◆ 鸣蜩 [tiáo]：蝉的一种，也称秋蝉。
- ◆ 周步：绕行一周。
- ◆ 销：消磨。

清·吴熙载·蝉柳扇页

柳树里有风，蝉儿紧紧抱着枝条。

凉州词

唐·王翰

葡萄美酒夜光杯，

欲饮琵琶马上催。

醉卧沙场君莫笑，

古来征战几人回。

8月3日

　　这首诗有一个从内向外展开的过程。大家举着夜光杯尽情饮酒，有人在马上弹着琵琶烘托气氛。有人醉了，就地倒卧，不顾一切。这一切构成了豪纵不拘的热烈场景。我们乍然读到这样的句子，不免感到惊异，无从理解，也不能融入其间。直到有一位士兵转过头，冷静地面向镜头，加以解说："请别笑我们癫狂放浪。征战在即，不知何时就将阵亡，所以才要尽情珍惜活着的时光——哪怕近乎挥霍它。"

　　诗像一幕短剧，在此处戛然而止。可仔细想想，余韵殊深。作者不只对兵士们满怀敬仰，还带着理解、悲悯和同情。

大珠小珠蠶千百緯
蕭之人一咲得

嘉道人
嘉禾題

清·金农·杂画册·四

　　八月份正是新疆葡萄成熟季。早在汉代，张骞就从西域带回了
欧亚种的葡萄；用它酿酒的技术也早已成熟。金农是清代画家，那
时，葡萄早已是常见的花鸟画题材。

隋宫

唐·李商隐

紫泉宫殿锁烟霞，欲取芜城作帝家。

玉玺不缘归日角，锦帆应是到天涯。

于今腐草无萤火，终古垂杨有暮鸦。

地下若逢陈后主，岂宜重问后庭花。

8 月 4 日

芜城是扬州的代称。隋炀帝不愿意居住在长安，发动百姓修建运河，在扬州建立行宫。他奢侈荒淫，一路南游，龙舟上的帆都用锦缎制成。若非唐兴隋灭，这龙舟必会游遍天涯。古人相信萤火虫是腐草所化，炀帝曾命人专门收集它们，夜游时放于山谷；开辟运河之后，又曾令人沿河遍种柳树。到如今人已不在，树上落满乌鸦。他也喜欢陈后主所作的艳歌《玉树后庭花》，曾令陈朝旧宫人歌唱它。作者辛辣地问："两位昏君若在地下相见，莫非还要共赏这样靡丽的歌吗？"

上个月，我们读了李商隐的七言绝句《过楚宫》。如今又读到了《隋宫》。同是咏史怀古，前者篇幅有限，就以写景、议论为主；后者空间足够，就罗列隋代史实，夹叙夹议，甚至还用上了反问句。可见作诗是个技术活，越是技艺精湛的大诗人，越有各种各样的手段，避免作品面貌雷同。

◆ 日角：额骨中央部分隆起，形状如日。传说唐高祖李渊额角突出，即所谓"日角"。

（传）唐·阎立本·历代帝王图卷·陈后主（局部）

　　这幅画应该不是阎立本的真迹，而是一件较为忠实的摹本。它间接反映了唐人心目中的前代帝王形象。"地下"的陈后主长什么样，我们不可能知道了。"画上"这一位，倒是个丰神俊伟的人。

诸将五首·其二

唐·杜甫

韩公本意筑三城，拟绝天骄拔汉旌。

岂谓尽烦回纥马，翻然远救朔方兵。

胡来不觉潼关隘，龙起犹闻晋水清。

独使至尊忧社稷，诸君何以答升平。

8月5日

　　杜甫留下了一些著名的七律组诗。其中，《诸将五首》都是直笔。他以亲历者的身份，记载和谈论了当时的形势，几乎可以看作论政的文章。韩公指韩国公张仁愿。唐中宗时，他在西北边境建筑了三座受降城，以防止突厥南侵，这就是"韩公本意筑三城，拟绝天骄拔汉旌"。到肃宗时，诸将无能，国力不足，不得不借助回纥骑兵的力量来防止其他北方少数民族入侵，国防思想已大异于前。杜甫对此忧愤异常。他觉得这近于引狼入室，饮鸩止渴。他坚信帝王仍旧心系社稷，只能质问唐王朝的将领们：该如何面对这一片脆弱的升平景象？捍卫它，还是任由它？

　　前代的批评家非常敏锐。他们指出，"升平"二字，实是沉痛而微婉的讽喻。毕竟，当时的实际政局，与它丝毫沾不上边。

◆ 潼关隘：潼关本来地势险要，但胡兵轻松攻入，丝毫不觉其隘。这句既批评朝廷引狼入室，又讽刺汉族将领无能。
◆ 晋水清：传说唐高祖在晋阳起兵时，晋水变清；至德二载（757）七月，岚州合关河清三十里，九月广平王（即后来的唐代宗）收复西京。这里很可能是将古典今典合为一体。

198

明·宋懋晋·杜甫诗意图册·八

　　我们熟悉的杜诗，只是名篇之中很有限的一部分，古人熟悉的却可以是整部杜甫诗集。所以各种杜甫诗意图的选目往往出乎意料。我至今都还记得，在画里遇到《诸将五首》时的意外和惊喜。

谢亭送别

唐·许浑

劳歌一曲解行舟，

红叶青山水急流。

日暮酒醒人已远，

满天风雨下西楼。

这是许浑的名作，也是唐人最好的送别诗之一。我们应当把它与其他著名送别诗相较：大家多写离别之时，许浑偏偏着重刻画别后的心情。别时天气尚好，水绿山青，秋叶翻红，风景温和又明丽。水急船快，去者如飞，送者沉醉，醒后黄昏风雨漫天。通篇劲健紧实，却不刻意，一切景象如在目前。

绝句短小，情意悠长。孤单凄苦不忍明讲，索性全寄托在一片风雨中。

◆ 谢亭：在安徽宣城，南齐诗人谢朓曾在此任太守，他建了亭子，又曾在这里送别友人，从此，谢亭成了当地著名的送别之地。

◆ 劳歌：忧伤、惜别的歌。

清·石涛·山水册·三

红树青山，漫天风雨，小船儿在江上，小人儿在楼上。